嘉兴港区二十年

中共嘉兴市委嘉兴港区（综合保税区）开发建设工作委员会
嘉兴港区（综合保税区）开发建设管理委员会 编

浙江工商大学出版社 杭州
ZHEJIANG GONGSHANG UNIVERSITY PRESS

图书在版编目（CIP）数据

　　嘉兴港区二十年 / 中共嘉兴市委嘉兴港区（综合保税区）开发建设工作委员会，嘉兴港区（综合保税区）开发建设管理委员会编 . —杭州：浙江工商大学出版社，2022.6

　　ISBN 978-7-5178-4939-1

　　Ⅰ. ①嘉… Ⅱ . ①中… ②嘉… Ⅲ . ①散文集－中国－当代 ②诗集－中国－当代 Ⅳ. ①I217.1

　　中国版本图书馆 CIP 数据核字（2022）第 081624 号

嘉兴港区二十年

JIAXING GANGQU ERSHI NIAN

中共嘉兴市委嘉兴港区（综合保税区）开发建设工作委员会
嘉兴港区（综合保税区）开发建设管理委员会　编

责任编辑	张晶晶
责任校对	沈黎鹏
封面设计	冰橘工作室
责任印制	包建辉
出版发行	浙江工商大学出版社
	（杭州市教工路 198 号　邮政编码 310012）
	（E-mail：zjgsupress@163.com）
	（网址：http://www.zjgsupress.com）
	电话：0571-88904980，88831806（传真）
排　　版	杭州大漠照排印刷有限公司
印　　刷	杭州丰源印刷有限公司
开　　本	880mm×1230mm　1/32
印　　张	7.25
字　　数	150 千
版 印 次	2022 年 6 月第 1 版　2022 年 6 月第 1 次印刷
书　　号	ISBN 978-7-5178-4939-1
定　　价	68.00 元

序

　　2021年是中国共产党成立100周年，也是嘉兴港区体制调整20周年。为了更好地总结20年来嘉兴港区在政治、经济、文化、社会发展中所取得的巨大成就，在中共嘉兴市委宣传部的指导下，嘉兴港区党工委、管委会于2021年5月底特意邀请了长三角一带的知名作家、诗人开展"嘉兴港区二十年"主题大型采风创作活动。在采风期间，作家、诗人们进企业、到海港、下农业开发区等，对嘉兴港区进行了深入细致的采访，以饱满的热情创作出了一大批质量上乘、脍炙人口的佳作。在此，谨向参与活动的作家、诗人，以及长期以来关心、支持港区发展的文学界人士表示最衷心的感谢！

　　嘉兴港区地处"长三角"沪、杭、甬、苏地区的重要交通节点，距上海洋山国际深水港53海里，距宁波北仑港74海里，基本与周边城市形成了"一小时交通圈"。目前，辖区内有国家一类开放口岸嘉兴（乍浦）港、国家级嘉兴综合保税区、国家级化工新材料园区、浙江临港现代装备·航空航天产业园、杭州湾新经济园和千年古镇乍浦镇。

嘉兴港区区位优势得天独厚，是嘉兴市的副中心、重点产业发展平台和对外开放的主阵地。2001年，嘉兴市委、市政府审时度势，及时调整了管理体制，让嘉兴港区从此走上了快车道。20年来，我们乘天时之势、借地利之优、举人和之力，始终坚持科学发展不动摇，招引优质产业项目，广聚高端人才智力，呈现出前所未有的喜人局面和发展态势。

特别值得一提的是：2020年，嘉兴港区在市委、市政府的有力领导下，认真贯彻落实党的十九大及历次全会精神、习近平总书记考察浙江重要讲话精神、浙江省委十四届八次全会精神，按照市委"全面落实年"的部署要求，始终坚持"一年一个样、三年大变样、五年再造一个新港区"的既定目标，加快建设"三港一城"，统筹抓好疫情防控、经济社会发展和平安稳定工作，取得了"三手抓、三手硬、三战赢"的阶段性成效。

2020年，嘉兴港区生产总值达182亿元，规上工业总产值实现718亿元；一般公共预算收入首次突破20亿元大关，达到20.3亿元；城镇居民人均可支配收入66105元，农村居民人均可支配收入40146元，均创历史新高；固定资产投资、工业投资、制造业投资、高新技术产业投资、民间投资、出口、工业用电量等7项主要经济指标增速位居全市第一。嘉兴港区以占全市1.27％的土地面积，贡献了7.0％的工业总产值、5.8％的工业增加值、9.4％的利润总额和8.6％的利税总额。

忆往昔，峥嵘岁月稠，看今朝，百舸争流。当前，面对两大百年从未有之大机遇，嘉兴港区站在了国家战略的聚光灯下。

我们正在举全区之力建设长三角海河联运的"最佳特色港"、服务上海港及宁波舟山港的"最佳合作港"、带动区域创新发展的"最佳产业港"和打造杭州湾北岸"最美和谐生态新港城",坚决扛起为建设"五彩嘉兴",打造"重要窗口"中最精彩板块当先锋打头阵的使命担当。

发展出题目,创新作文章。嘉兴港区是一片碰撞思想、合作共赢的沃土,也是一块放飞梦想、干事创业的热土,更是一块人才成长、实现价值的乐土。20年来,涌现出许许多多可歌可泣的创业故事、创新人物,经由作家、诗人们的生花妙笔而熠熠生辉。《嘉兴港区二十年》即将面世了,在此真诚地欢迎各位作家、诗人以后多来港区、多了解港区,为提高嘉兴港区的知名度与美誉度贡献你们的聪明才智。

是为序。

中共嘉兴市委嘉兴港区(综合保税区)开发建设工作委员会
嘉兴港区(综合保税区)开发建设管理委员会

目　录

乍浦

向海而生思万千

李美幸

天，为我而晴……

这个我，其实是我们。

下了一天的雨，把天空洗涤得干干净净，仿佛是好客的主人，事先洒扫庭院、拂去浮尘。天净了，地清了，为的是迎接我们这些远远近近的客人。

站在乍浦港区集装箱码头，头顶是一整列龙门吊，十几架还是二十多架，我来不及细数，因为视线一接触，心就被震撼住了。仿佛是我突然闯进一群铁甲武士中间，被左右环视着。但我更愿意把眼前这一情景，想象成是这些威武雄壮的铁甲巨人在列队欢迎我们。

我们在码头上散开、拍照、看景，偶尔抬眼一瞥，看见站在龙门吊下的人群，如同一群蚁人。

转身，眼前是一望无际的杭州湾大海。

风从海上来，入耳呜咽，我在倾听。

视线的远方，有一艘巨轮，静静地泊在海面上，如果距离足够远，可以用"沧海一粟"来形容了。码头边，还泊着一艘白色轮船，大概是海监一类的船只。

正值平潮，海水远去，时间远去。

我知道，在时间的深处，乍浦曾经是明朝的一个卫所，是军事机构。再往前一千年，公元401年，晋将刘裕在此修筑故邑城。从此，乍浦从一片处女地，有了名字，有了历史记载，翻开了她崭新的一页。

唐会昌四年（844），置乍浦镇遏使。

宋开禧元年（1205），设巡检，在唐家湾立水寨，设统制。

宋淳佑六年（1246），乍浦开埠。

这片海域，从此通航，从此有了舟楫船只的往来，有了源源不断的货轮进出。

我想，古代的乍浦人，一定也在杭州湾海边站立过，凝视一望无际的大海，想象着远方的情景。或许，远方的来客会告诉他们，大海后面是另外一个世界。

明洪武十九年（1386），筑乍浦城，以防倭患。

是的，我们站立的这个港口、这个码头，面朝的这片大海，在我们目力所不能及的远方，在大海的更深远处，曾经魑魅魍魉横行。

最早是倭寇屡次侵犯乍浦，上岸后大肆掠夺居民财产，肆意杀人；后来有当年的海上霸主——英帝国的军舰，从海上炮轰乍浦港，英军登岸后，不但大开杀戒，枪杀英勇反击的清朝守备官兵，还沿途烧杀屠戮当地百姓民众。

最后，也就是1937年11月5日（农历十月初三），日本侵略者从杭州湾沿海一带偷偷登陆，此后八年，日军的铁蹄，肆虐在这片土地上。

而在我的身后，就是广袤的杭嘉湖平原，就是锦绣江南的核心地区，就是美丽中国最富饶的经济区域。

是啊，就是眼前的这片海，就是身后的这片土地，曾经因海而困厄、而末路，又因为向海而屡遭列强进犯侵辱。

现在，乍浦却向海而生。这是为什么？因为一个地方也好，一个人也罢，无不系于时代的发展。时代格局下的一地一方，无论经济，无论民生，都逃不脱这个规律。个人也同样如此，纵有天大的本事，如果被困于一隅，只能徒然地耗磨生命而无法施展才华。

在中国绵延几千年的农耕时代，在江南农村，那些兴旺发达、人民活得滋润的地方，往往是沿河小镇。因小河流淌，而滋生一种河流经济，或者叫小河文明。我们现在流连忘返的那些古镇、小镇，莫不如此。面朝一条小河，集市兴焉，人口聚焉，经济活焉。

但现在，我们已经步入海洋经济时代，向海而生既是一种选择，也是一种必然。其中，"向海"是先决条件，"而生"是自觉行为，是时势造英雄的结果。

在这方面，嘉兴市政府，或者说是乍浦人民，就做出了符合时代发展和趋势的正确选择——向海而生。

我们所站立的这个码头、这片港区，于1986年12月12日，一期围堤工程破土动工，正式拉开乍浦港建设的序幕。这个日期，也是乍浦向海而生的重生之日。

2001年4月，交通部正式同意乍浦港通过验收，对外国籍船舶开放。

这就是我们参观的乍浦港的前世今生。从无到有，从零到一，时间，只有短短二十年。

二十年，已经翻天覆地；二十年，已经兴旺发达；二十年，已经从向海而生，到向海腾飞。这一个腾飞，前面就是一片天空，一片汪洋大海。天空凭鸟飞，海阔任鱼跃，向海而一展身手，前程万里，没有什么可以阻拦。

站在海边的我，心情放松，思绪放飞，我知道，天的尽头是宇宙，海的尽头是另一片海。从我们站立的乍浦港区出发，可以抵达地球上任何一个地方。反过来也一样，地球上任何一个码头的船只，都可以浮海而来。

如果说，乍浦没有机场，不占制空优势，但怀抱这一片大海，同样有了一飞冲天的资本。

嘉兴（乍浦）港是国家一类开放口岸，硬件上已经具备了一飞冲天的能力。何况，乍浦港并不仅仅是一个港口、一个泊岸码头，更是一个多功能经济开发区，一个集中了几千个生产实体的经济园区。我们的大巴在管道和球馆林立的化工园区穿行时，我的脑子里突然蹦出几十年前写的一首小诗：

我悄悄拂去 / 记忆中的荒凉 / 然后捧起 / 眼前的繁华。

尽管 / 我不知道石油与化纤之间的奥秘 / 但我知道 / 是谁创造了 / 这片坚实的大地 / 并用钢铁勾勒出 / 十亿人民的希望。

长街、新村、商店 / 炼塔、管道、厂房 / 不是钢筋水泥浇制的简单形状/而是开拓者/坚固信念的闪光。

大地/可以死去千年/心/不能昏睡一天。

这首诗，是20世纪70年代末期，我被分配到上海石化总厂时写的。当年，面对这个国家级石油化工化纤重大工业项目，我内心极其震撼，感慨之余写了这首诗。

上海石化总厂是在海滩上围堤而生的，我们参观的乍浦港化工园区大概也是在海滩上围垦建设的吧。

所以，当我置身于乍浦港区的化学工业园区，眼前的情境，是多么的熟悉。一刹那间，我有一种时间倒流的感觉，仿佛我又回到了上海石化厂，而实际上，我不在上海石化工作，已经有35年了。

时光不会倒流，我也不可能重回青春年代，能够留住的，只是那些刻骨铭心的体验和因为体验而带来的记忆。因此，我很感激组织者，让我坐在大巴上浏览这一大片化工园区，并在刹那间玩了一回穿越。

在参观三江化工时，我注意到几个数据：年产量、年产值、工厂占地面积、员工占比。三江化工是中国香港上市公司，数据可以复盘。2020年经营收入83.23亿元，每一股盈利是0.9510元，而股价只有3港元多一股。

三江化工是2003年落地乍浦港区的，也是最早在乍浦港工业园区驻扎的企业，套用一句大白话，就是与乍浦港风雨同舟、合作共赢。18年来，三江化工的发展一直顺风顺水，我不知道它的投入产出是多少，也许18年下来，利润已经孵化出几个三江化工了。

这是真正的托福于乍浦这片厚土福地啊!

入驻乍浦港区时间相对比较晚的桐昆化工,是一家生产聚酯化纤、腈纶、涤纶产品的企业。它的名字一开始就吸引了我,询问后,证实了我的猜测——桐乡与昆山结缘。但它的结缘有点意思,在建厂后设备投入过程中,桐乡的出资方缺少资金来购买相关设备,寻求昆山一家公司帮助,于是,对方把自己的部分设备投入进来。企业运转后,产出可观,也就是说,资金很快回笼了。这时候,桐乡的出资方并没有忘记当年的昆山投资人,投桃报李,双方继续合资下去。所以公司名字就叫桐昆。

我听了很是感慨,内心感动莫名。

都知道浙江人善于做生意,但具体怎么善于,好像没有人讲清楚过。今天看来,桐昆化工是一个很好的合作共赢事例。人人都想借鸡生蛋,但蛋孵化出小鸡后,老母鸡怎么办? 是赶走轰跑,还是让这只下蛋的"金鸡"继续留在巢里,敬如上宾?

赶走轰跑,肯定绝情无义;买下下蛋的母鸡,看起来公平合理,但细思极恐,因为这同样是人情寡淡的表现。而现在,两家成了一家,股票还在沪港通上市交易。2020年的营收是458.3亿元,每股摊薄1.52元。公司员工600多人,人均产值是多少?

当年借的鸡,产下了金蛋,可能以后也会一直产金蛋。

我之所以对桐昆合作这个结局大加嘉赏,是因为我也是浙江人,祖籍镇海。在这个故事里,我看到了浙江人的人性闪光点,看到了有情有义的善报,看到了做事业、干大事除了需要金钱，需要人脉，需要天时地利，更需要人品。

品是品行、品德、品质，有才无德，其行不远；有本事，而没有品德，走不远，也做不长，最终难成大事。

两天的采风，穿行在乍浦的"山、海、港、桥、林"之间，感受着这片人杰地灵、英才辈出的大地的自然景观和人文风流，似乎能够理解她为什么能够在今天风生水起——正是因为我们正处于一个伟大的时代。

《千年风云百年梦》，这是我应著名小说家政伟兄相邀，为乍浦港编剧的电视片起的名字。

是啊，走过千年岁月的乍浦，百多年前，还备受屈辱。汤山公园里面的一尊大炮，曾在当年的抗英战斗中开过一炮，但终因国力不济，阻挡不了英国军队的坚船利炮。最后，天妃宫一带沦陷，成了英国军队的屠戮场。

今天，乍浦终于向海而生，向海崛起，向海腾飞，不仅圆了孙中山先生当年设想而没有实现的"东方大港"之梦，更是圆了乍浦人民站立潮头，引领时代的梦。

一直游到海水变蓝

周伟达

一、涉海者

我要说的涉海者，并未完全渡过大海，却留下了汹涌澎湃的青年意气。

20世纪70年代，某年夏天，一个青年从杭州湾北岸的鱼鳞海塘边下了海，天风浩荡、波涛起伏，一解炎夏之暑气，更有击水中流之畅快。

游着游着，青年发现鱼鳞海塘已在身后，成为一道轮廓。此时，身边已无玩伴，海潮倒是依旧澎湃。青年没有回头，而是顺着洋流游到了一个叫乍浦的地方。

之后，青年从乍浦上岸，沿着海岸线走回了家。

这个青年名叫余华，后来成为享誉国际文坛的大作家。

他涉海的出发点是海盐——一个如今毗邻乍浦、历史上与乍浦有着密切关联的千年古县。海盐曾四徙县治，其中，东汉永建二年（127）县治陷为当湖，迁治齐景乡故邑山（今乍浦附近）。

　　无论海盐，还是乍浦，都不拘泥于杭州湾的"湾"字，更习惯将其称为"大海"。

　　无论海盐人，还是乍浦人，都可以说是一直生活在靠海的地方。

　　很多年后的2019年夏天，贾樟柯导演来海盐拍摄余华的纪录片《一个村庄的文学》。站在鱼鳞石塘上，余华向贾樟柯回忆少年涉海的情景："20世纪六七十年代，夏天的海边很热闹，那时候大家兄弟姐妹多，也年轻，不怕死，纷纷下海游泳。"那一段顺着洋流游到乍浦的往事，余华用一句诗歌一般的语言做了概括——一直游到海水变蓝。

　　杭州湾的海水是灰黄的，怎么会变蓝呢？如果会，那一定是青年人的胸怀与境界，是"到中流击水，浪遏飞舟"的书生意气在涌动。青年余华早已在杨家弄自家屋后的朱家池塘学会了游泳，也在向阳桥下更加宽阔的市河中游泳。奔向大海，"一直游到海水变蓝"，既写实，颇有青年无畏涉海的画面感，也写意，蕴含了青年勇敢闯荡的年轻力。后来，贾樟柯干脆将电影名改作《一直游到海水变蓝》。

　　濒海之地，孕育豪迈与大气。

　　涉海者余华从海盐游至乍浦，也游向了更为广阔的天地。乍浦籍乡贤名人中，"我国冶金新工艺的开拓者"邹元爔、为"两弹一星"做贡献的葛昌纯、为中国感光事业奋斗的邹竞、为国家寻宝走天下的地质专家陈毓川，何尝不是从家乡出发游向了大江大海，见识到了广阔天地中的"蓝天碧水"呢！

不止于此，乍浦享有"浙西咽喉""东南雄镇"之美誉，始于乍浦的故事少不了汹涌澎湃。

二、乍浦港

2021年5月27日，因中国长三角作家诗人大型创作采风之契机，我得以站在乍浦港，码头集装箱林立，塔吊巍峨，商船停泊又起航，一派盛景。放眼杭州湾，海天一色，回首此港往事，已近八百年风云。

一个乍浦港，仿若半部中国经济史。

乍浦港最早开埠于南宋淳祐六年，也就是1246年。元至正间（1341—1368），港务渐盛。明代自洪武四年（1371）起，倭患不息，乍浦港由此不振。清康熙二十二年（1683）颁"展海令"，乍浦港被列为东南十五口岸之一，港务复苏，到雍正年间便成为"东洋日本商贩往来要口"，乾隆、嘉庆、道光年间贸易盛极一时。之后却又遭逢战乱，港口贸易一落千丈。

1917年，孙中山先生从上海乘巡洋轮到乍浦海面视察。

面对宽广的海域，孙中山先生赞叹"这里无泥沙之害，其正门出自东海，大远洋轮可随时进出，一个优良港口"。

1918年，孙中山先生撰写《建国方略》，首次提出建设"东方大港"的宏伟设想，计划在"位于乍浦岬与澉浦岬之间，开一缺口，以为港之正门"。其后，《东方大港现状及初步计划》《东方大港调查报告》等材料专著逐渐编印出来，加之芜湖至乍浦铁路沿线经济调查等工作的推进，东方大港的建设实践几乎呼之欲出。

1929年，东方大港测量队到乍浦定点测量，后因国内外政治、经济等原因，建港设想未能实现。

半个多世纪之后，1986年12月12日，乍浦港建设拉开序幕。

2001年4月，交通部正式同意乍浦港通过验收，对外国籍船舶开放。

自此，乍浦港不单重返昔日开埠繁盛时期之荣光，更造新辉煌。

如今的乍浦港是国家一类开放口岸，为浙北地区唯一出海口，拥有自然海岸线74.1公里，已发展成为公专用泊位相配套、内外贸兼营和集装箱、散杂货及液体化工品装卸功能齐全的综合性港口，共拥有码头泊位46个（其中万吨级以上34个），集装箱航线26条（其中直航日本3条，越南1条），跻身海峡两岸直航港口行列。看成绩单更是亮眼：大宗货物吞吐量和集装箱业务近三年增速列全国沿海港口首位，货物吞吐量跻身全国十强，集装箱吞吐量位居浙江省第二。

站在乍浦港口，杭州湾潮水浩荡奔腾而来，忽感百年东方大港之梦已然实现。不远处，杭州湾跨海大桥如长虹卧波，如果说这只是沟通沪甬两地的桥梁，那乍浦港一艘艘涉海远航的巨轮沟通的便是中国与世界，贸易之繁荣无不彰显着盛世之气象。

乍浦港，俨然是中国看世界、世界看中国的良好窗口。

三、出海记

贸易往来，固然有赖一国开放之胸怀。

文化输出，更能彰显一国深厚之底蕴。

在乍浦港开埠历史上，货物有自东洋、南洋甚至西洋而来者，亦有输往东洋、南洋甚至西洋者，频密而众多，但因中外文化交流而留下美名的却是一个叫"红楼出海"的故事。

红楼者，《红楼梦》是也。

乾隆五十八年十月廿日，也就是1793年11月23日，南京王开泰属下的"寅贰号船"从乍浦起航，于十一月初六（12月9日）抵达日本长崎，所载货物中有67种图书，包括《红楼梦》9部18套。此事在日本长崎图书馆渡边文库藏《宽政六年寅贰番南京船书籍名目》与《村上文书》中均有记载。这是截至目前发现的《红楼梦》走向世界的最早记录。

海纳百川，有容乃大。

乍浦濒海，亦有此风，吐纳万国货物，播扬中华文化，可谓大气如海。

"红楼出海"的故事，如今其模型演绎版就在乍浦镇南司弄76号民居"乍浦会馆"内。

乍浦会馆，并非一家会馆，而是乍浦会馆文化的一个介绍之地。这是一栋民国时期的建筑，坐北朝南，前后一进，南北带天井，南天井东西有厢房，条石墁地，正屋乃二层砖木结构，

展陈着乍浦的会馆文化与港口史。

如无通商港口，乍浦便不会聚集如此众多的南来北往客，更遑论繁盛的会馆文化了。

《乍浦史话》记载："乍浦会馆在清朝康熙时期开始大量兴建，到乾隆嘉庆时更有了蓬勃的发展。"一个乍浦镇竟有20余处会馆之多，举凡闽汀会馆、鄞江会馆、潮州会馆、三山会馆、靖漳会馆、绍兴会馆、赤城会馆、莆阳会馆等，除了以地名相称外，还有诸如青果会馆、黄鱼会馆、海蜇会馆、牛骨头会馆等以行业产业相称的会馆名，可见此地商业之盛，既能兴市利民，又可番舶海外，所以能绵延百年以上之繁华。

四、斗争史

如用一种精神概括乍浦一地的人民，必少不了"勇猛精进"。

古海盐历史上有芦沥、海砂、鲍郎三大盐场。其中的芦沥盐场就在如今的乍浦以北，海砂盐场则在乍浦西南。据《乍浦史话》记载："秦时乍浦已遍布盐场，沿海居民凭借天然的大海引潮制卤，以卤煮盐为业有2000多年历史。"

盐民以海为生，引潮煮盐，不得不以坚韧超拔的意志勇猛精进，才能在与大海的斗争中取得生存的空间。

不光是煮海之地，乍浦也是海防重镇。

从明代的抗倭斗争、近代的抗英斗争再到现代的抗日斗争，乍浦人民以勇敢和智慧，共御外敌，保卫家乡。

1842年5月，英军为控制长江，封锁运河，截断漕运，遂进犯江浙海防重镇乍浦。乍浦官民奋起抗击，殊死一战。英国侵略军军官柏纳德在日记中写到了这次战役："凡亲眼看到中国的士兵，以那种顽强的斗志和决心来保卫他们阵地的人，没有一个能拒绝对中国的勇敢给予充分尊重的。迄乍浦战役为止，中国派来抵抗我们的军队，以这次最为精锐。"可见乍浦官民之勇武。

2021年5月28日，我来到乍浦汤山公园南端的天妃宫炮台。阵阵海风吹拂而来，三三两两的市民或是游客在炮台处散步、拍照，往日的硝烟早已消散，唯有掩体之下的三门大炮，以及在旁的石碑介绍诉说着历史上的风起云涌。这座炮台坐北朝南，垒石为基，始建于清康熙五十六年（1717），多次被毁，又再重建，扼守乍浦海上要道，气势如虹，至今不灭。如今这三门大炮已成了见证乍浦风云历史的物证，东方雄狮已醒，已不惧强虏贼寇。

涉海者有与命运做斗争之豪迈气概，乍浦港则继续谱写了一篇篇出海记。千年古镇乍浦，不仅是古老中国文脉昌盛、贸易发达的见证，也是新中国经济腾飞、百姓幸福的缩影，它的征途是星辰大海！

在乍浦，想到一个老人

韦　泱

　　乍浦采风。一路走在古镇小巷、汤山海堤，看到古炮台的旧迹、小渔村的纯朴，我就感到这一切似曾相识。是的，多年前，有一位当地的老人，陪我在此走过一遭。他，就是顾国华老先生。说老，只是看上去老，其实并不算老，那年他大约还不满七十，我五十左右。在我眼里，他已然像个老人。一口浙江乍浦乡音，一身布衣，还有点灰脱，脸上留着稀疏的胡子，一派不事修饰的样子，颇像个老农。

　　于是，在采风间隙，我询当地作家，顾先生如何了？作家年纪虽轻，却回说是知道顾先生的，现在大概在养老院了吧。于是，我默然。疫情当前，是不宜打扰的。

　　虽这样想，顾先生的形象，却仍在头脑里挥之不去。我不记得是怎么结识他的，可能是上海哪个文化老人介绍的吧，反正就稀里糊涂认识他了。那时，他自办《文坛杂忆》已好几年，说早期的已不存，出新的就不忘给我寄上一册。我看上面毛笔字是蝇头小楷，以魏碑体抄写，就说此人字不错，有弘一遗味。说者无意，听者有心。没过几个月，他就寄来许士中先生的条幅。我欣赏这样的墨宝，但连许先生都没见过一面，连道谢一声的机会也没搭上。

顾先生说上海是大城市，文化人多，每年都会去看看那些老先生。一次，他打电话告诉我说在上海了。我说我来见你。傍晚，我就到了福州路旁，一条叫平望街的小弄，一家不起眼的小旅馆。我沿扶梯爬上三楼，进了很窄小很简陋的小单间。他说，每次来上海，都住在这里，就熟悉了，交通、吃饭都方便。我说是的，除了住宿便宜，其他都好。他笑笑。我说走吧，去吃个便饭。两人就边走边聊，慢慢从平望街朝南，拐到广东路，在老字号"德兴馆"坐下，点了几样本帮菜，喝了一点啤酒。于我，也是尽地主之谊吧。他带来了新编的《人生感悟与长寿感言》，也是老人们的短文汇编，还带来了乍浦特产鱼干、虾米什么的。他说，这次去看看周退密、丰一吟、田遨等。

后来，就经常通电话。他多次讲，有空来乍浦走走，家常便饭总是有的。得空我就去了，与两个文友，驱车去看他的收藏。他家不难找，到乍浦镇，找食品站即可，他家就在旁边。所以，每次寄信，他只让我寄往乍浦食品站。我说没路没门牌号，能寄到吗？他说没问题的。果然每次都安全寄达。后来我知道，这是他的单位，直到退休。他的老伴患帕金森病已有二十多年，天天服药，常年需他照顾，子女都不在身边。他那两居室的居处，家里几无像样的家具，陈旧、杂乱，可见他的生活质量亦如此，唯见一摞摞书报杂志和大小纸袋，散放各处。临走时，他边走边指着过道的一间储藏室，说这里也堆满了。果然全是纸板箱。他说，这些都是文稿，还有六千多封来信，很是头痛，希望能给它们找一个归宿，被集中收藏，不要打散。后来，他编了一个书画藏目寄给我，一百五六十件，询问值多少钱。我回说，文人字画，主要看名头大小。我给了他一个参考价。此事不知后来如何。

2015年，他来电，请我去乍浦，同去的还有上海新闻界、出版界同好。因为，他的一桩心愿了却了。六卷本的《文坛杂忆》由上海书店出版社一举推出，当地政府很重视，视为地方文化大事，为此开了一个首发研讨会。与会者都得到一套《文坛杂忆》。不料，过不久，我在上海又收到一套，去电询问，他说把所有稿费都用来买书了，再特地给我一套签名本。如此，我对此书更增加了一层感情和了解。

20世纪80年代初，顾国华在与文化老人交往中，听到不少轶闻旧事，觉得蛮有趣，心想如果能形成文字，保存下来，也算积累了珍贵的文史资料。于是，在北京周振甫等文坛前辈的帮助下，他开始给一些文化老人写约稿信，集腋成裘，很快有了满满一大袋。1985年开始，请人毛笔誊抄，以十六开线装形式，自费编印成册，取名《文坛杂忆》，第一卷甫出，寄予前辈和爱好者，顿获赞誉多多，这给了他十足的信心。以后，每年一卷，雷打不动。老人们以笔记体将回忆用文字娓娓道来，古风醇厚。上海书店出版社慧眼识金，从中选编，先行出版了《文坛杂忆》及续编，让这些怀旧掌故得以广布。钱锺书对此书有"顾书亦颇有佚事可观，足广异闻者"之评。周振甫则说："为弘扬民族文化，顾同志钟情于近现代文献的拾缺补遗，以数十年之业余时间，花无尽之精力，加以抢救、整理和刊印，这种精神应予充分肯定。"

北京大学教授陈平原在六卷本的序中写道:"要说民间写作,没有比这更合格的了。当众多作家为争取读者和奖项而争相标榜民间姿态时,僻处小城,非官非商,而且'七老八十'的一批业余作者,竟能以如此平静的心态纵谈文史,着实让我感动。"

皇皇六大卷,两百余万字,一百多位作者,平均年龄八十岁,这是一部真正的厚实之书。像小时难得吃一颗糖一样,我每天看几页,每天享受书中的佳醇。一套书看了许多年,还将继续看下去。尤其见到扉页的签名"韦泱兄教正,二〇一五.七"字样,心情难以平复。顾先生没有什么学历,没有显赫头衔,只是一个文化爱好者,却坚持不渝,成就了文化积累大事。正如出版家锺叔河先生赠诗所曰:"杂采成书三十卷,忆前朝事警当今。"

几年后,听说顾先生的老伴病逝,他有点失魄寡郁,与他的联系,就渐渐少了。八月中旬天还炎热,手机中见到嘉兴文友范笑我的微信,转来顾先生儿子的留言,说父亲病逝,因天热就不打扰各位好友了云云。我见之无言以对,想到的就是他与我的交往,他对我的好。顾先生生于1942年,享年八十岁,在当今盛世年代,这不算长寿,有点可惜。

乍浦是江南古镇,却因港而兴,经济繁茂。我想,无论地方大小,商厦几多,如果多出几个像顾国华这样热衷文化并身体力行的人,则人文气息愈加浓郁、涵养更广的精神世界,足可为人们创造更为宜居的幸福家园。

城市里的桥

李　金

　　周末的午后阳光明媚，柔和的春光轻轻悄悄穿透观海书院古朴雅致的玻璃窗，均匀地洒在铺开的书页上，浸透孩子静静阅读中的侧脸，一切是那么恰到好处——温馨而和谐，而恰好我也喜欢阅读。

　　第一次邂逅图书馆是小学搬了新校区，小小的一间教室摆着几排书架，码上满满当当的新书旧书，书架侧边贴了一架的类别标签。静谧的四周、古旧的书架，新奇而神秘。作为班级的图书管理员，我可以花一整个中午来为同学们挑选、登记，然后办理借阅，也常常"以权谋私"，站立书架前或是席地而坐，就为了每次多读一整本感兴趣的书。

　　暑假时，每每因为无书可读而挠心挠肺之时就会抱怨，我们港区为什么没有一个图书馆？哪怕小一点儿也行。于是每隔几天，爸爸就停下工作，骑着摩托车带我开一趟平湖，虽然一来一回很费时间和力气，但平湖图书馆总算解了孩子无书可读的"燃眉之急"。现在想来，那一来一回，总是到了就挑书，办好借阅手续就走，能坚持下来也着实不容易。

上了初中，学业繁忙起来，可是想读书的念头有增无减。不足两天的周末时间还想借阅喜欢的书籍，再跑平湖的图书馆实在有些不方便了。苦恼之时，竟打听到港区也有了一个小小的图书室，就在汤山公园西北角的一间屋子里！图书室是真的小，不过好在书籍种类并不单调，我在那里借阅过初中必读的课外书目，也初次尝试阅读人物传记和地理文化类作品。小小的一间图书室，让我欣喜、兴奋甚至自豪，港区啊，我们港区也有公开的可以借阅书籍的地方了。

高中之后，因为学校的图书馆可以让学生以个人的名义借书来看，于是我慢慢减少了去汤山公园图书室借阅的次数。直到有一次家里来客人，一整天热闹得没地方看书，我才又一次想起这个话题，要是我们港区也有一个图书馆该多好，可以借借书，也可以坐下来静静地读读书。都说念念不忘必有回响，某一天妈妈告诉我，有啊，港区有图书馆了，可以借书也可以看书的图书馆。不消说，从那以后的周末、假期，我都把时间花在了中兴花园外面东北角的图书馆里。每天自行车"吭哧吭哧"骑到那里，挑上几本书坐下来，一坐就是一整个半天。有时候睡觉之前想想都会开心地笑出声来，我们港区终于也有一个这样的地方了，明天我该坐哪个位置好呢？

大学以后，暑假越发漫长了，我想还是去图书馆坐坐消暑吧。只是到了老地方才发现那里早已关门谢客，透过窗玻璃朝里望去，空空荡荡，不见一本书的踪迹，倒是门边贴着一张告示，写了图书馆的搬迁。新地址在天妃路上，我顺着新地址一路找去，不知不觉竟回到了我家小区附近，新的图书馆就在人防大楼里，真可谓"众里寻他千百度，蓦然回首，那人却在灯火阑珊处"。新的图书馆分区合理，电子借阅更加方便，在这闹哄哄的众小区之间，竟然开辟出这样一个独属于阅读者的自由空间。我看看四周的人，看画报的小孩子，做作业的学生，读书的大人，看报的老人……大家自成一体，却融于一处，和谐而温馨。

人防大楼的图书馆搬迁我是看在眼里的，因为新的图书馆实在太漂亮了，筹建之时便吸引了众人的目光。那个冬天，智慧书房观海书院缓缓打开它的大门，迎接慕名而来的打卡人群。一南一北分为玉兰书房和中山书房，从此一室阳光、满屋书香，成为乍浦新的文化地标。我会在晚饭后的暮色里推开书院的门，翻阅资料，准备下一天的课；我会在周末的午后拉开一把木椅，读完一本墨香尚存的新书；我也会驻足观海书院古朴的落地玻璃窗外，看着里面每一个人脸上的放松。而我的身后，是小吃店的热气腾腾和各个商铺人来人往的交融。此刻脑子里突然出现不知在哪里读到过的几个残句：城市里生长出一座桥，这头，人间烟火，那头，山河辽阔。

观海书院，这座城市里的桥，这座属于我们嘉兴港区的城市里的桥啊，历经千回百转，终是梦圆，从此以后有人间烟火，也有山河辽阔。

出海口

金问渔

　　刚驶出 G92 杭浦高速乍浦（嘉兴港区）出口，便瞧见右侧一块"嘉锦氢能"的门头，汽车加氢站？不由得一激灵，在别处根本没列入议事日程的项目，这儿难道已经悄然落成，并商业化运作？本想低速行驶观察一番或索性闯进去看看，但后车喇叭催个不停，犹豫间已错过进口，只得作罢。

　　我曾兼任某天然气公司的董事长和总经理多年，建设、经营过两座车用天然气加气站，故一直对清洁能源车辆的发展比较关注。国家在 2013 年前后曾力推天然气车，不多久，政策又转向发展电动车。夹带着诸多政策红利的电动车随即在公共交通公司大受欢迎，一方面是因为用车成本低，能源成本和维修成本均低于天然气内燃机车，没有了发动机和变速箱，汽修工都可以少配备几位；二是管理相对方便，天然气车上有钢瓶、解压阀、压力表等，属于压力容器设备，有定期检测要求，管理人员不胜其烦；三是驾驶时不用频繁变换挡，减轻了司机的工作强度，人们也乐意开这种车。而我，对电动车还是心存疑虑的，且不说报废电瓶去向成谜，其续航里程最终是靠电瓶串联叠加来获得，续航里程越长，车身就越重，车上电气设备都不敢多装，夏天一打开空调，中午就得回场补电；路面如有较深积水，须防止电池触水；大规模布置充电桩得占用大量土地资源，且效率极低，因车辆充电并不是几分钟就可以完成的……所以，尽管发展势头迅猛，蓄电池电动车终归是一种过渡性产品，而氢动力车兼具环保性与长续航里程等优点，应是汽车的发展方向，嘉兴港区俨然已先行一步。

窥一斑而知全豹，产业的前瞻性，是嘉兴港区给我的第一印象。我知道全国大大小小的各类开发区，夭折或奄奄一息的不在少数，这大都与产业的布局有关，或是引进了落后的产能，或是在安全与环保整治风暴中折翼……中国化工新材料（嘉兴）园区却如出海口喷薄而出的旭日，生机勃勃。参观了几家企业后，我更是加深了这种感观。

采风的第一站是化工新材料（嘉兴）园区内的龙头企业之一——嘉化能源。据介绍，它的前身是嘉兴化工厂，一家生产糖精的企业，此后，历经多次搬迁、重建和改制，成功在国内上市。目前，嘉化能源业务涵盖能源（蒸汽供应、光伏发电等）、化工（氯碱业、脂肪醇、磺化医药系列等产品）、港口物流，从糖精到能源、交通、医药，多大的跨越啊。

氯碱、脂肪醇这两种化工物品偶尔会听人提起。2020年2月7日，一辆沪E·G3856的集装箱车驶出园区，满载着20吨无偿捐赠的次氯酸钠消毒药水原液驰援武汉，经稀释后，该批原液可加工生产出4000吨日常所用的84消毒液，对当时消毒物资匮乏的疫区，可谓雪中送炭，次氯酸钠即为嘉化能源氯碱装置的一个下游产品。

"磺化"一词却前所未闻，回家后查了许多资料仍是一知半解，却无意发现了国海证券一则调研报告：抗艾滋病药物最主要的原料为高纯度PTSC，属于磺化医药中间体。嘉化能源作为磺化医药的龙头，在全球处于垄断地位，是最主要的PTSC供应商……哦，原来如此！

像我这般20世纪70年代初期出生的人，对糖精有着一种特殊的情感，因它蕴含着童年的甜蜜。那个物品匮乏的年代，爆米花是奢侈的零食，每当爆米花老头挑着担子出现在弄堂口，孩子们就快乐地奔走相告，纷纷回家央求奶奶或母亲，拿点米出来加工，然后屁颠屁颠拎着铁皮米、淘箩，挨个儿摆在炉子边，而米的上面，少不了一小纸包准备好的糖精。好不容易轮到自己的淘箩了，看着白胡子老头把米倒进罐子，又小心翼翼把纸包打开，将糖精抖入。那个时候，我睁大眼睛紧张地盯着他的动作，生怕有一粒掉到了地上，而嘴里空舔着舌头，似乎已经有了甜甜的味道。到了20世纪80年代中期，家里还用糖精烧过南瓜绿豆汤，后来糖精就渐渐消失了，商店里也不供应了，只在星级酒店的自助餐厅和吧台见过甜蜜素，那应是糖精的变身吧。

如果说糖精象征了一个旧时代，氯碱象征中生代，那么光伏和磺化医药则是新时代，其氢能源产业也蓄势待发，一家主打产品曾被无情淘汰的企业，涅槃重生，已然走在了化工产业链的第一方阵。

园区内的另一化工巨头——三江化工是与嘉化能源同宗源的企业，在香港上市，是我国目前生产环氧乙烷和AEO表面活性剂的最大民营企业。走马观花后，继续查资料补课，知道了环氧乙烷是继甲醛之后出现的第二代化学消毒剂，作为一种广谱、高效的气体杀菌消毒剂，穿透力极强，可直达物品深部，灭杀细菌繁殖体、芽孢、病毒、真菌等大多数病原微生物，广泛运用于洗涤、制药、印染等行业。AEO即为脂肪醇聚氧乙烯醚，因其蕴含亲水基团和亲油基团两亲性的物质，可用作化纤纺织油剂的乳化剂，也可用以配制家用和工业用的洗涤剂，如我们日常使用的洗手液、沐浴露、洗洁精等。洗碗时如果不加洗洁精，油和水互不相溶，水无法将油冲走，挤下几滴洗洁精后，油被泡沫包围，就可以跟随水一起被冲走，这就是洗洁精中的表面活性剂所产生的作用。2019年，洗涤剂行业占到国内表面活性剂终端需求的51%，千家万户的洗洁用品里，少不了三江化工的"DNA"。

2019年，三江化工生产环氧乙烷44万吨、AEO表面活性剂40万吨。据了解，我国环氧乙烷一年的需求量为300万吨左右，全球表面活性剂需求量为2300万吨左右。由此足以看出三江化工在全国乃至全球化工产业链中的重要地位。

园区内还有桐昆集团嘉兴石化有限公司等大型化工企业，其80万吨PTA项目于2010年正式入驻园区，2018年年初，石化二期200万吨/年PTA生产线又顺利投产。

PTA又称精对苯二甲酸，是大宗有机原料之一，运用于化学纤维、轻工、电子、建筑等国民经济的各个方面，饮料瓶、胶片、磁带和安全带、腈纶衫、化纤衣料、尼龙绳索、渔网等，都来源于PTA这个基础化工产品。化工界流传着一句话：PTA产能集中亚洲，中国一路领跑。早在2017年，亚洲地区的PTA产能占比达到全球的87%；中国又是亚洲最大的PTA供应国，占比64%，华东地区约占据国内总产能的42.64%，接近半壁江山，化工新材料（嘉兴）园区的产能无疑具有举足轻重的地位。

桐昆集团是桐乡市的大型企业，为何不在本地深耕发展，而把该石化项目落户嘉兴港区？其负责人坦言，主要是看中了园区的产业配套和循环经济。桐昆嘉兴石化可以承接其他企业排放的酸碱，而关于生产过程中产生的废弃物，也能找到消化的下游企业，包括利用余热发电，不仅供自己内部使用，还可输送给其他用户。正是这样的优势，吸引了越来越多的优秀化工企业入驻。目前，中国化工新材料（嘉兴）园区已经拥有工程塑料、硅材料、特种橡胶等化工原料配套企业。上下游企业无缝对接，不仅降低了物流成本，还享受到产业集聚的乘数效应。

化工园区，安全与环保压力是巨大的，易燃、易爆、剧毒几乎是化工产品的共性，有些还需高压或超低温存储。如液氮，是相对比较安全的产品，但常压状态下，其温度为零下196℃，人体也是触碰不得的，超过2秒就会冻伤且不可逆转。我自己曾涉足的天然气行业也属危化品，对这种安全生产的巨大压力感同身受，手机24小时开机，晚上一听到消防车的警报声就变得神经兮兮，担心是自己的企业闯祸了。

化工业一旦出事，就是大事。安全事故发生后有"四不放过"原则，即事故原因未查清不放过，责任人员未处理不放过，整改措施未落实不放过，有关人员未受到教育不放过。说实话，哪怕平时管理再严、制度再细、检查再勤，按照"四不放过"原则找纰漏，终究是能找到的，化工从业者的头顶上时时悬着达摩克利斯之剑。近些年来，全国不少地区已明确不再设立新的化工园区，已设的也要逐渐缩小规模直至关闭。2019年3月，江苏省盐城市响水县陈家港镇化工园区发生重特大爆炸事故后，一些地方政府对化工企业更是谈虎色变。但一关了之当然更不行，化工行业不仅关乎民生，也涉及各行各业，如上文提到的液氮，天然气行业就离不开它。液态天然气储罐正式启用前就必须用液氮冷却和清洗，而后才能注入天然气；同样，罐体停用后也必须用液氮冲洗，以免残留易燃气体。我记得当年加气站有一个罐子亟须启用，多方联系周边供应商也买不到液氮，后来辗转高价从上海采购才算救了急。工信部副部长辛国斌在2018年7月的一场论坛上，曾经这样介绍：工信部对全国30多家大型企业130多种关键基础材料进行了调研，结果显示，在130多种关键基础化工材料中，32%的品种在中国是空白，52%的品种必须依赖进口。可见，我国化工业的基础并不牢靠，远未达到驱逐或清零的境地。化工新材料（嘉兴）园区在其他多地避之不及的状态下不断引进企业，扩大产能，足见当地执政者的担当和胆识。

环境污染是化工园区的另一心头大患，还极易引发群体事件。2011年9月，我所在的小城城郊因某光伏企业环境污染，发生了引起全国关注的群体性事件，起因是该企业未按规范要求设置固废物堆放场，堆放场的雨水流入了河道。"水太毒了，空气太毒了，夏天，村里蚊子都没有一只……"村民们说。事后，参与群体事件的村民中，14人被刑事拘留、17人被行政拘留，所涉企业被责令扩建规范的固废堆放场所、扩建应急池、梳理完善雨污管网系统、改造提升废气治理设施，并罚款47万元，可谓两败俱伤。

化工新材料（嘉兴）园区地处乍浦，毗邻海盐县，人口密集，如发生大气或水体污染，后果不堪设想。据闻，园区专门聘请当地老百姓担任"民间闻臭师"。最初听到这个职业名称时，感觉有点滑稽，随即一想，这是园区在采用群防群治模式预防、治理污染的创新举措啊，让切身利益相关者提前介入、时刻监督，比监管部门抽检巡查或事后补救无疑更有效果。如今，嘉兴港区"环境就是民生、青山就是美丽、蓝天也是幸福"的理念深入人心，"无异味企业""无异味园区"创建活动成效显著。

嘉兴港区，地处杭州湾北岸扼喉之处、钱塘江的出海口，这里也是举世闻名的钱江怒潮发源之地，一架大桥横跨天堑，相连宁绍平原，再往东，就是浩瀚无垠的东海了。

这一片水域混杂着顺流而下的江水、溯源而上的海水，它们交汇、碰撞、融合，湍急、活泼，充满了无限可能。1917年，孙中山先生来到乍浦，面对宽敞的海域由衷赞叹："这里无泥沙之害，其正门出自东海，大远洋轮可随时进出，一个优良的港口。"次年，先生在其《建国方略》中提出了建设"东方大港"的设想。弹指间，百年匆匆而逝，先生若地下有知，当欣慰感慨：嘉兴港区已利用岸线3718米，建成外海万吨级及以上生产性泊位20个，东方大港，粗具雏形。

在杭州湾北岸成长的著名作家余华曾说："每当下海游泳，总想向东游去，一直游到海水变蓝。"

嘉兴港区，无疑是一艘启航出海的巨轮，在它的前方，已然呈现一片硕大的蓝海。

从小渔村的蜕变看建党百年

陈沁艳

每每谈起我们的祖国，一种自豪之情便油然而生，一代代国人，不断奋斗，不断进取，才让我们的生活如此美好。而2021年是具有非凡意义的一年，恰逢我党迎来百年华诞。回望这些年，在党和国家的领导下，我们的身边正发生着翻天覆地的变化。

一、艰苦奋斗，砥砺前行干实事

乍浦是个典型的鱼米之乡。我生于斯，长于斯，对于这方沃土更是有着一份割舍不去的情感。这小小的山湾渔村，就是我从小生长的地方。打记事起，我的耳畔便时不时会回荡起洪亮的渔民号子，也常常能看到鱼虾丰收的美好景象。勤劳的渔民们深谙"靠海吃海"的道理，除了近海捕捞，也时常会出海去。几户人家合一艘船，在做好补网、备粮等一系列前期准备工作后，择一天黎明，也不管天空还泛着鱼肚白，或是挂着弯月，就开船出发了。一般出海需要两天，待到第二天一早，那小小的码头上便会聚集着人群：有鱼贩子来收鱼的，有酒楼来抢购的，还有一些闻讯赶来的消费者。大家都撑着头，等待着渔船的归来。不久，几艘满载着鱼虾的船靠岸了，整个码头顿时沸腾起来……

其实改革开放后的山湾渔村，已经慢慢改变了渔业生产合作社的制度，并打破陈规陋习，解放妇女劳动力，鼓励妇女下海捕捞；还大力发展机帆船生产，鼓励沿海农户自主打造小型机帆船从事海洋捕捞。20世纪八九十年代的山湾渔村里，村民就是这样日复一日、年复一年地辛勤劳动着。

二、与时俱进，上下求索谋发展

2004年开始，随着汤山公园的建成和投入使用，村民们也在思考新的"改革创新"。于是几户人家合伙在村口开起了大排档——在汤山公园的水泥平台上，几个遮阳棚，加上灶台和餐桌，便撑起了那一个个独具特色的海鲜排档。游客们可以一边品尝刚出水的海鲜，一边任由海风拂面，欣赏那辽阔的大海，舒适又惬意。但是这样的发展也给环境带来了不好的影响：大排档产生的大量厨余垃圾很难清理；长期积累的污垢，也给观景平台的美观造成了一定的影响。于是村民们又赶紧叫停大排档。

近两年，山湾村民们又响应政府转产转业的号召，全员上岸，全村98艘渔船主动交由政府回收拆解。虽然离开了大海，可勤劳奋进的村民们并没有闲着，纷纷发展起了第三产业。仅仅几年工夫，山湾渔村里的"小酒楼"就如雨后春笋般冒了出来，这也同时带动了九龙山的旅游业。于是，山湾旅游开发有限公司在政府的支持下应运而生。依托小酒楼、民宿旅馆等产业，村民们不断求索、不断创新，也让小渔村一步步慢慢发展起来了。

三、敞开胸襟，包罗万象做贡献

如今，这个小渔村已经鲜少有村民再靠出海打鱼为生了，旅游业渐渐兴起。每天，这里迎接着从各地慕名而来的游客。伴随着发展，山湾渔村也悄然发生着改变：旧房舍开始翻新，到处是新建的混凝土结构多层小楼，有铝合金的窗框、漂亮的大理石地砖……村民们更是顺应时代的发展，努力推进生态文明建设，打造新型美丽乡村：违规建筑拆除了，文化橱窗立起来了，小渔村敞开胸襟，为推动美丽中国建设也尽着自己的绵薄之力。

从依靠打鱼为生勉强维持生计，到成立渔业队发展海洋捕捞，再到后来开起海鲜大排档、酒楼旅馆，山湾村民们在党和国家的领导下稳步前行。这也让我想到了习近平总书记在会见全国文明家庭代表时的讲话，他说："广大家庭要把爱家和爱国

统一起来，把实现家庭梦融入民族梦之中，心往一处想，劲往一处使……"

是啊，家是国的家，国是家的国。我们每一个个体，每一个小家都是国家的重要组成部分，只有把智慧和热情汇聚在一起，坚定不移地跟随党中央，方能实现"两个一百年"奋斗目标，实现中华民族伟大复兴的中国梦！

答 卷

蒋 慧

今天，令人振奋的消息传来，习近平总书记在全国脱贫攻坚总结表彰大会上发表重要讲话，庄严宣告，经过全党全国各族人民共同努力，在迎来中国共产党成立100周年的重要时刻，我国脱贫攻坚战取得了全面胜利，现行标准下9899万农村贫困人口全部脱贫，832个贫困县全部摘帽，12.8万个贫困村全部出列，区域性整体贫困得到解决，完成了消除绝对贫困的艰巨任务，创造了又一个彪炳史册的人间奇迹。

千年脱贫梦，今朝终得圆。自党的十八大以来，中国实施精准扶贫方略，围绕脱贫攻坚目标，全力克服新冠肺炎疫情影响，确保如期打赢脱贫攻坚战。习近平总书记指出，消除贫困、改善民生、实现共同富裕，是中国特色社会主义的本质要求，是中国共产党的重要使命。经过8年持续奋斗，我们如期完成了新时代脱贫攻坚目标任务，近1亿贫困人口实现脱贫，取得了令全世界刮目相看的重大胜利。这正是一份脱贫的恢宏答卷。联合国秘书长古特雷斯评价道，过年10年，中国是为全球减贫做出最大贡献的国家。不仅如此，我国的减贫脱贫方略，也为全球减贫提供了中国方案和中国经历，尤其可以为其他发展中国家提供有益借鉴。

说起对贫穷的认知，在最近播放的电视剧《山海情》中展露无遗。当看到电视里那一张张高原红的脸，一个个鲜明生动的人物，一段段精彩奋进的剧情，我被深深地吸引住了。贫穷，是什么？对于我们这一代而言，小时候对物质短缺记忆犹新，但家中还能温饱；但看了《山海情》，才知道贫穷是三兄弟出门时只有一条裤子换着穿，是年轻女孩被父亲以"一口水窖、一头驴、两只羊、两笼鸡"的"高价彩礼"嫁了出去，是老百姓饭桌上三餐不离的白水煮洋芋……这些让我非常之震撼，让我感知到一个真实的中国农村，一个真实的历史发展进程，一个感人至深的扶贫故事。

志合者，不以山海为远。一部《山海情》，只是中国扶贫事业的时代剪影；在这片"苦瘠甲天下"的土地上，扶贫干部和村民们拼搏奋斗，缚住贫困，让6万多名曾经生活在贫困山区的人们逐渐从风沙走石的荒凉之境走向寸土寸金的移民新城镇，让未来变成现实。从"干沙滩"变成"金沙滩"，从"锅里缺粮、缸里缺水、身上没钱"到多种产业百花齐放，朴实奋斗的当地百姓、基层扶贫干部、福建帮扶干部、专家，以及各行各业在脱贫攻坚一线奋斗的人们，都是脱贫路中普通平凡却又了不起的主角。从此，村民们的腰包鼓了，脸上的笑容多了，"闽宁模式"成为中国脱贫奇迹的一个缩影。2020年11月16日，西海固地区全部"摘帽"，历史性地告别绝对贫困。在这一通过对

口扶贫协作走向全面小康的成功典范背后，蕴藏着种种感动与温情、拼搏与力量！

　　《山海情》的结尾，我看到一张张脱贫路上的幸福笑脸，这也正是我们国家向时代交出的最好的一份答卷。今天，听到习近平总书记的庄严宣告，更加感受到脱贫一路以来的艰辛、决心和勇气；阅尽征程好风光，更有胜景在前头，在这春暖花开的季节里，让无数普通人的笑脸成为新时代中国的表情包，让幸福感随时弥漫于安居乐业的美好家园。

嘉兴港区

乍浦的海

但 及

一

推开宾馆的窗，海就在面前。

左侧，能看到山，那是汤山，低矮，绿色延伸到海里。视野的正前方就是大海，灰色，连绵，大团大团的，离我有一公里远。与海贴在一起的是几十架大吊机及散落在各处的集装箱。集装箱有各种颜色，方方整整，列着队，像等待集合的舰队。右前方，隐约能看到一条卧龙，藏在海面，跃跃欲试。这就是著名的杭州湾跨海大桥。

对海一直有一种向往，有两个原因，一是来自自我，神往这片神秘未知的区域；二是来自海本身，海的博大、宽广，与他的无限，给人遐想。一个渺小的我，面对一个巨大的世界，就能编织出梦想与诗意来。

我喜欢读有关海的文字。比如班维尔的《海》，开篇是这样写的："陌生的潮涌那日，众神远遁。整个早上，乳白色的天幕下，港湾里一浪高过一浪，攀升到闻所未闻的高度，浪尖逼近沙滩，舔舐着干燥经年的沙丘基部……"显克维支的《灯塔看守人》中，对海是这样描述的："潮水越涨越高，把沙滩都淹没了。海洋的神秘话语声清晰可闻，而且越来越大，越来越高，有时像大炮的轰鸣，有时又像森林在呼啸，有时又像远处的人声鼎沸，有时又是一片寂静……"

海总是神秘莫测的，又带着某种昂扬的诗性。

现在是清晨，天光一点点溢出来，从海的某种角落里。东方被山头挡住了一个角。光亮从山的背后涌起，一点点加重，变成斑驳状。海面上像是洒了金币，一片片，一丛丛，把波涛里制成璀璨的亮点。大地正在醒来，海也是，一抹金光在水平面铺开来，拉得很长，像是一把金刷子，刷亮海面。

阳光短暂，只露了一下头，就躲了起来。远处的天与海融成一体，分不清彼此。

二

汤山山脚有个小公园，它蜿蜒曲折，引导我与几位作家来到海边。

滩涂上，散落着抛锚的渔船，船停在泥浆里，一动不动。但滩涂上，还是有动静的，小动物们一刻不停，小螃蟹会成群地从洞里涌出。那些迷你蟹在空中吹着泡泡，还不时挥舞着两把大钳子。它们忙碌，进进出出，在泥浆里寻找着食物，一听到声响就会撒腿奔跑。一声咳嗽后，滩涂上一片寂静，所有的小螃蟹都躲进了洞里。

远处，有鸭子，它们在巡游、觅食。海鸭蛋早有耳闻。海鸭吃小鱼小虾，因此所产的蛋营养丰富，海鸭蛋的蛋黄金黄、透明，妻有时还在网上购买海鸭蛋。现在这群海鸭子欢快地从我们面前走过，大摇大摆，一点也没有羞涩的样子。

一个渔民模样的人骑电瓶车来了。他取下了车上的网兜和一个大的塑料盆后，开始脱衣。最后他只剩一条裤衩了，我好奇地上前问他在干吗。"捞小蟹。"他答。

渔民下滩涂了，一走，双脚便被淹没了。我看着他摇晃的身影一点点远去。更远处，也有人影，他们在滩涂上忙碌，估计也像眼前这位一样正在捕小蟹。

有妇女裹着头巾在织渔网。几位年长的男人在一旁整理渔网，他们把浮球一个个取下来，叠放好。就在他们身后，一座小庙出现了。庙紧贴山沿，毫不起眼。黄色的墙壁上，写着"妈祖保佑"几个大字。门口有两头石狮，脖子上系着红彩绸，门沿上挂了一条横幅"乍浦天妃宫中华妈祖诞辰1061周年纪念活动"。进正门，有个圆洞，右书：湄州传胜迹；左书：妈祖保平安。

这或许是我见过的最不起眼的一座庙，陈旧，却不乏历史感。在东南沿海，妈祖一直被敬仰，每一个出海的渔民都会来这里祈祷、许愿，保平安。遇见妈祖庙让我兴奋，我喜欢它的原始、朴素与简单。与那些宏大的建筑相比，或许它更有价值，也更有文化内涵。

来乍浦前，我曾翻阅相关的资料。清咸丰年间山凤辉在《芦浦竹枝词》中写到了妈祖庙会庆典盛况："暮春天气转晴和，士女如云此日多。最是灵妃安泽国，海滨何处不讴歌。"这首竹枝词写的就是暮春时分海滨的广大信众隆重地举行祭祀妈祖的活动，热闹与热烈洋溢在字里行间。

乍浦处在东海与钱塘江的交汇处，江海共生。每年的八月十八是钱江潮最壮观的时刻，也是海潮的生日，清代林中麒的《乍浦竹枝词》中，写了渔家信众既信奉天妃，也信奉以八月十八为诞辰的潮神："八月潮头生日催，龙王堂里进香回。阿谁跨鲤观涛去，探取潮从何处来。"

天风海涛阁在天妃宫右边，董其昌曾经题写"跨鲤涛"三字，可惜现在已见不到真迹。

走近妈祖庙，门锁着，不能入内。只能看到其中的一道走廊，廊狭小，里面有小神坛，供着各式菩萨。

我在庙边的空地上徘徊。想到这涂成黄色的小平房曾见证无数的祭祀，背后有强大的民意和文化，一种敬意便油然而生。

三

沿着一条老街往里走，行人穿梭，店铺林立。一旁，一片开阔的空地上，挖土机在作业，大型的运土车正在忙碌。在一处民房的边缘，还残存着一处石墙，那是当年乍浦城墙的遗迹。"乍浦会馆"巍然立着，上面标着"平湖市历史建筑（南司弄76

号民居）"。

进门，便是天井，石板路面平整光滑。一侧，还做了一个模型，展示着当年乍浦的规模。在模型前，我站立良久。城墙内有钟鼓楼、观海书院、染坊公所、药业公所、烟纸理发公所、钱业公所、泥石竹木公所……城墙外还有温州夫役公所、绍兴会馆、鱼商公所、牛骨头公馆……这是怎样一个世界啊！当年的繁华与富庶仿佛就展现在了面前。

到明代嘉靖三十六年（1557），乍浦已设下关（市舶机构）通日本、琉球、安南、暹罗、吕宋、爪哇等地。大批海商在乍浦涌现，有的商人不但航海至多国，而且还与海外一些国家的国王、大臣结为朋友，在贸易上享受"最惠国"的待遇。长年累月下来，到明末，乍浦港的私人海外贸易已经十分繁盛。乍浦也形成了陈氏、谢氏、林氏等家族，都为亲邻相携、患难与共的海外贸易集团。

据《乍浦备志》记载，清乾隆三十三年（1768），乍浦"绾海而栖者数千家"，"商贾云集，人烟辐辏，遂为海滨重镇"，商业人口最多时达6万人。城内街道纵横交错、车水马龙，城里集市繁荣，通商又通航，对外贸易远近闻名，成为东南沿海的重镇。

在会馆的序言里，我读到了如下文字："随着乍浦港对外贸易的日益发展，大批云集乍浦的商人，为了维护各自的利益和发展业务的需要，凭借各自的经济实力和长期在乍浦的经济基础，先后按地域、行业筹资建造集议之用的会馆或公所，供奉各自信仰的神祇或祖师爷。"据史料记载，当时乍浦镇的28处会馆中，最为有名的有闽汀会馆、鄞江会馆、潮州会馆、三山会馆、靖漳会馆、绍兴会馆、赤城会馆、莆阳会馆等。与这些会馆关系密切的商人大都经营糖、铜、靛、木、炭、布、药材和鱼等产品，颇具规模。

进入乍浦会馆，仿佛走进了一段深厚的历史，这里的每一寸土地都见证过它的繁华与衰败。走出街市，来到不远处的山湾，那里还有三门占炮台，面朝大海不屈地屹立着。

炮台曾抗击过英军，见证了第一次鸦片战争。战争后，乍浦几乎沦为一片废墟。

四

港口，龙门吊正在起降。

巨大的机器瞬间便能完成作业，只需几秒钟，一个集装箱的装载便完成了。大货车进进出出，港口一片繁忙。

作家们一个个在合影，与人，与吊机，与大的海轮。集装箱一个个垂直而下，稳稳地落在船舱里。从此，它们将开始旅程，抵达欧洲的某个港口，或北美的某个港口。作家马叙用手机拍照，或蹲或站，不久便把他拍的照片发到群里。他构图简洁、奇特，把码头拍成一幅幅装饰性的图案，艺术性立现。大家群呼：好，有水平。

乍浦港现今叫嘉兴港，目前货物吞吐量跻身全国十强，集装箱吞吐量位居全省第二。我身处嘉兴，对这个港口既熟悉又陌生。三江·嘉化集团的厂房就在眼前，层层工业管道如天梯伸在空地，蔚为壮观。自2015年至今，三江集团每年都要举行一场大型的春节联欢晚会，而每场晚会的总撰稿就是我。这便是我与嘉兴港区的缘分。

每年年底，来自三江的文字材料便源源不断地汇集到我处。我会读总结，看数字、图片和影像，徜徉在这家企业带给我的遐想里。这是一项烦琐而又细致的工作，我沉浸其中，了解企业一年来的发展、走向和里面的精神风貌。企业发展有自身的逻辑，它的壮大与提升总有一定的规律，每年集团都会有惊喜呈现。

在2015年的春晚中有这样的台词："新年伊始，嘉化能源成功入驻中国A股，并以实力和潜力赢得了市场的认可，近5亿元募集资金短期内全部到位。"2016年的春晚有这样的台词："2016年，对嘉化集团而言，是自我加压、主动应变的转折之年。随着七月末，乙酰甲胺磷和粉醛模塑料二条老产品生产线的全面关停，标志着企业退出了实体生产，转型为一家以投资经营为主的公司。"2019年的春晚中有这样的台词："'十三五'规划中的一系列新项目纷纷迎来了开工的锣鼓。到2020年至2021年，项目全部投产后，将完成现有装置与新装置的资源循环利用与产业链延伸，实现集团销售收入翻一番的壮举，开启象征石化行业最高等级的产业大门，同时大幅提升港区产业的竞争力。"

这样的台词不胜枚举，它是一个企业的大步前行，也见证了嘉兴港区的全面腾飞。

五

乍浦不仅有大港口，还有原汁原味的小渔村。

山湾渔村临海。那里有一片海湾，滩涂上茅草飞扬，绿意盎然。村庄就隐藏在海风里，现在是休渔期，村庄里宁静安逸。

进村是一条巷子，干净、狭窄。不时会看到渔家乐的身影，门口高悬灯笼，村民告诉我周末这里挺闹。路上，有人摆着摊，卖着新鲜油炸的海虾饼，空气里飘着清香。村民们开着小店，摆着海鲜制品，有虾干、墨鱼干、鳗鱼干……狗大方地摊在地上，睡着大觉，即使我们走过，也没有睁一下眼睛。有一户渔民家种植了好些花草，灿烂地开放在小院里。

路中间有大树出现，几乎遮住了整条街。在树边有一条小路，一直向前竟有一座小庙，名曰：水仙皇。庙很小，挤在居民屋中间，里面有和尚在念经，外面香火正旺。与汤山的妈祖庙一样，这庙不起眼，但明显能看出浸润风雨的历史。

有一个酒楼，临海而建，延伸到滩涂上。这里是最佳位置，整个海湾尽收眼底，上面有两桌客人正在吃饭，边吃边聊。海风从远处吹拂而来，温暖又和谐，客人们很尽兴，碰杯声不时响起。

海边修了栈道，沿着栈道可以一直往前走。海开阔，潮水已退，露出灰色的天与黄色的海面。海鸟在盘旋，海鸭子在滩涂上散着步。我知道再往前走，就是九龙山，那是在山的另一头。

　　我突然忆起了三十多年前去九龙山海滨浴场的那一幕。在我家的照相簿里还保存着那次活动的照片。那时的我是一名年轻的共青团干部。

　　照片是我与五名团干部的合影。照片的背景有沙滩，一把太阳伞，还有一处低矮的青色山丘。合影的人分别是于国民、哀晨飞、李月根、王建平，另外还有一位我已叫不出名来。时间定格在1987年8月15日。

　　那是青春飞扬的时刻，我们游泳、踢球、跑步、跳跃。六个人手牵手，照片抓拍了我们的瞬间，有两人还在手舞足蹈，王建平笑得眼睛只剩一条缝。三十多年过去，乍浦用一片海景留住了我们的记忆，以及那美好而又令人激动的青春时光。

　　海在前方，浩荡着，过去与现实交织在一起，苍茫又雄厚。远处，跨海大桥上车辆一片繁忙。

东方大道

钱亚金

二十多年前的2000年，在乍浦镇的西面修造了一条双向六车道的大马路，名为东方大道，它北接东西大道，南连老沪杭公路，宽敞的水泥路成了乍浦的新景观。按现在的流行叫法，东方大道是那时的一条网红路。当时，我开着踏板摩托车第一次在路上驰骋，秀发飘飘，那种潇洒，那种飘逸，至今记忆犹新，我还喊出了作为一个女孩子最霸气的一句话：东方大道，我爱你……如今二十多年过去了，每每想起这句话，我都会心潮澎湃，激动万分。

记得，当时的东方大道，两边都是绿油油的农田，路的两旁，一条条小石子路连着参差不齐的农民房，除了一两家小卖部，两边几乎没有一家像样的工厂。后来，随着嘉兴港区政府的成立，在东方大道的西面设立了中国化工新材料（嘉兴）园区，一大批化工新材料公司相继入驻，如嘉化、三江化工、嘉兴石化等，这些石化企业中的佼佼者，倡导绿色环保理念，在发展企业的同时，注重环保投入，为嘉兴港区的经济发展起到了巨大的作用。

现在的东方大道路面改成了柏油路面，两边绿树成荫，一年四季繁花似锦，微微的东南风吹来，白天香樟树轻轻摇曳，夜晚景观灯霓虹闪烁；东方大道南边的嘉兴港更是汽笛长鸣，巨轮来回穿梭，一排排集装箱堆积如山。古老的乍浦镇焕发着青春的活力，鱼米之乡正连接着四面八方。乍浦，正以海纳百川的姿态，在世界的经济舞台上展露自己独特的风采。

夜幕降临，我喜欢带着女儿去东方大道走走，给女儿讲讲大道两边的变迁。每一次走过我工作的嘉兴石化公司，我都会对女儿说："看，这就是我工作的地方——桐昆集团。"女儿会以羡慕的眼神看着我，对我说："妈妈为党旗增光彩，为桐昆添风采，是我学习的好榜样。"我也会对女儿说："是桐昆让我进步成长，让我更加自信坚强。"

1918年，由中华民国临时大总统孙中山先生所撰的《建国方略》中，就有设想：要在乍浦建设东方大港，让闭塞自锁的中国慢慢摆脱贫穷走向世界。如今这个梦想在中国共产党的领导下，在乍浦人民的努力下，早已实现，东方大道连着东方大港，东方大港连着世界八方。乍浦，这个曾经的渔村小镇，现已成为中国的百强镇，她以化工新材料、航空航天、智能电子科技、时尚服饰等完整的产业链成为嘉兴的骄傲。

天行健，君子以自强不息；地势坤，君子以厚德载物。建党百年，红船远航，华夏巨变，在中国共产党建党100周年之际，在嘉兴港区成立20周年之际，在这个历史的节点上，乍浦更是以全新的精神面貌，团结拼搏，以全身心的努力投入到历史的洪流中去。

展望未来，乍浦的明天一定会更加美好。东方大道，一条路，见证时代的日新月异，一条路，诠释嘉兴港区二十年的沧桑巨变。我们走在大路上，我们为时代讴歌，我们为祖国点赞。

二十载风云，拥抱港区的美

胡敏杰

　　每每有朋友问我来自哪儿，我总会满怀自豪地告诉他——嘉兴港区。是的，嘉兴港区，位于党的诞生地一隅。这片充满红色基因的土地上，承载着太多的故事和传奇。今天，请允许我用一天的时间，带你去拥抱，二十年来港区的蜕变和惊艳。

　　清晨，我们在山湾的民宿，在阵阵涛声中醒来。伸一伸懒腰，凭窗远眺，看着屋外一望无际的大海，那海的尽头似乎跟蓝天融为一体。得益于这些年来，港区政府对环境的大力整治，曾一度"搬迁"的海鸟们又成群结队地回来了。瞧着这群大海的精灵们，挥舞着翅膀，在云间穿越，在海面击打，在沙滩觅食。此时此刻，幸福感油然而生，脑海中不由自主地浮现出海子的那句诗"面朝大海，春暖花开"！

　　用过早饭，我要带着你去走一走青石路铺就的乍浦老街，探寻昔日街头巷尾的繁华盛景。在斑驳的树荫里，在巷间穿梭，或许，一不小心误入的小弄堂，便有着深厚的历史底蕴。不信，你瞧这些名字，总管弄、海盐弄、半爿街……这些独特的弄名是不是勾起了你的好奇心？的确，乍浦作为一座具有千年历史的宝藏古镇，哪怕路边不起眼的一树、一木、一桥、一亭都有着属于它的故事，其中，新修建的乍浦会馆便是其中的一颗璀璨明珠。所以，让我们叩开文化的大门，探索过往的历史。这些年来，港区政府大力挖掘本土文化，弘扬当地特色，不断推陈出新。与此同时，紧抓时代脉搏，为百姓做实事、干好事，例如已经开放的新时代文明实践中心、乍浦镇博览中心，以及即将开放的文体中心和会展中心等。这些文化阵地的落成和对外开放，为当地百姓的精神生活享受提供了便利。

时间过得真快，快晌午时分了。走，带你去尝尝乍浦的本地美味——乍浦十八鲜。乍浦临海，因其优势，其食材取自广阔的海洋。所以，乍浦十八鲜佳肴中大多是海鲜盛宴。古人云：民以食为天。"乍浦十八鲜"一镇一味特色菜，不仅形成了一个最具乍浦本地特色味道的地方菜谱，同时也打造了以"乍浦十八鲜"为载体的港区文化旅游新名片。通过一道道美味佳肴，不仅抚慰了你的胃，还让你了解了乍浦的地方饮食文化。如今，乍浦山湾作为浙北最后一个渔村，在政府的引导下，近年来退渔上岸，渔民们办起了农家乐、民宿。渔民不再为了生计吃一口涩涩的海饭，其家人也不用再担惊受怕，今后的生活如远处的晴空般，明朗、温暖。

酒足饭饱之后，也该走走消食。我和你一同漫步在美丽乡村马家荡。时值春季，万物苏醒，漫山遍野的油菜花金灿灿地盛开着，蝶舞蜂拥，柳絮儿随风飘荡。置身其中，仿佛来到了世外桃源。将心情放空，仿佛尘世的酸甜苦辣与我无关。整洁的小道两旁散落着不知名的小花，折一朵放在鼻尖轻嗅，微微花香令人迷醉。这儿的农人都是淳朴好客的，倘若你闻到哪家飘出瓜果的香味，寻味儿过去，主人家必定热情招待，而你也不必拘束。如今，农村的生活可不比以前，家家户户小洋楼，门前还停着小轿车，农闲时三五成群去农家书屋坐坐，孩子们凑在一起看看书，大人们则端坐一块聊聊家长里短。原来，乡村振兴就在我们身边。

见识了港区的美丽乡村，我们再去瞧瞧港区的经济实力吧。自 2001 年设区以来，港区政府始终以创新务实的工作态度，积极奋发的拼搏精神带领着港区人民取得了一个又一个傲人成绩。如今，区内总人口数在 12 万左右，拥有国家一类开放口岸嘉兴（乍浦）港、国家级嘉兴综合保税区、国家级化工新材料（嘉兴）园区、省级乍浦经济开发区，以及千年古镇乍浦镇。

逛了一天，累了乏了。我们站在栈道上，吹吹海风，眺望在繁忙的港口缓缓落下的太阳。那波澜壮阔的美景尽收眼底，此刻又不禁感叹：港区的美，是大美，二十载的风云，又岂是一两天所能领略？嘉兴港区，愿此生与你朝朝暮暮！

嘉兴港海风拂面

葛　芳

　　江南的古镇，多给人一种温婉、精致之感，乍浦古镇则不然。作为江浙门户的海口重镇，这里有澎湃的惊涛骇浪，有豪迈的海文化，有博大精深、海纳百川的独特胸襟。

　　这里于宋淳祐六年（1246）开埠，成为漕运新航线的起点；这里面临杭州湾，历来是兵家必争之地；这里人文荟萃，有观潮最佳处天妃宫，有《红楼梦》出海东渡纪念亭，有长安桥庙会；这里是天下粮仓富足古今，是汇聚中西名副其实的江海福地。

　　站在嘉兴港，烈烈雄风拂面，能直接感受"海洋之襟喉，江湖之门户"的气魄。遥想当年，从事海上运输和贸易的商贾纷至沓来，往返于此的漕船、官船、商船、盐船络绎不绝，嘉兴港气象万千。我张开双臂，仿佛在历史画面中穿梭，天空蓝得耀眼、洁净，一切似乎都仍没有离去……

　　举目四望，巨浪裹挟着泥沙涌入东海，气势恢宏，场面浩大。嘉兴港作为国家一类开放口岸，货物吞吐量跻身全国十强。

集装箱码头业务繁忙，夕阳瑰丽的色彩洒在江面上，形成多姿旖旎的画面。有渔船在海浪中搏击，有白鹭在海面远翔，有芦苇萧萧凝练成古朴的雅意……

跨海大桥宛如长龙卧波，大桥带动新机遇。嘉兴港区作为"长三角"沪、杭、甬、苏地区的重要交通节点，实现了与周边城市的"一小时交通圈"，将地区的整体效应推向新的高度。在桥港新时代，越来越多的人被吸引来嘉兴休闲度假，感受渔家乐。

整天在书斋里伏案的文友们，目睹了国家级综合保税区、国家级化工新材料园区、临港现代装备·航空航天产业园、杭州湾新经济园，不禁发出啧啧赞叹。科技带动产业，无所不能，无所不容，无所不为！

加紧脚步，是想一睹乍浦镇有名的天妃宫炮台。穿过风景优美的汤山公园，炮台犹如壮士，凛然坐北朝南，南望杭州湾。天妃宫炮台垒石为基，基面高出海滩5米，居高临下，扼守入乍浦之海上要道。据清光绪版《平湖县志》记载，炮台始建于清康熙五十六年（1717），后又经多次毁建，现存炮台为清道光二十一年（1841）重建。

绕到炮台下面，天妃宫黄色的墙面显现。来自江、浙、闽、台等地的信众，常年在这里共同参拜妈祖，祈求众生平安，希望福泽绵长。据说，每当出海之船，遇有风浪危急，望空叩祝，向天后"借船"，便能得以摆脱灾厄。

沿着海边散步，渔民们三三两两在低头修补着渔网，休憩着的小木船像一幅静止的油画，鸭子们欢腾着在沼泽中觅食，好一派恬淡自在之景。在山湾渔村中行走，我更加充分地领略了渔民的日常生活状态，一盘一盘鱼干、虾干摊放在自家门口，当地人喝着啤酒吃着海鲜吹着海风，闲适质朴之境使人艳羡。

天空漂浮着些许白云，海水有些浑浊，不远处有人弯下腰戏水，看得见寸长的小鱼儿欢快地游弋着。孩子玩着挖沙游戏，建构他心中小小的城堡，捕捞到小螃蟹后率真大笑——海边童年之趣并不是每个人都能拥有的。

这些细节真实而温情地告诉着我：嘉兴港，是长三角一体化重要枢纽地，是开放包容海文化的典型地，是老百姓安居乐业的闲适地。我愿意吹着海风，去追溯乍浦古镇独特的人文历史！

海会记住很多事

李　静

　　时维四月，春风送暖，乍浦滨海步道修建完成后，第一次来到这里，临海步行，海天一色，风景怡人。站在天妃宫炮台处远眺雄伟的乍浦港和杭州湾跨海大桥，我思绪万千。这座浙北的海港市镇，处在农耕文明与海洋文明的交会处，也是中华民族衰落与复兴的历史缩影。

　　乍浦地处海防前哨，地势险要，向称"西浙藩篱，东瀛门户"。宋元时，乍浦已经成为海运和军事港口。南宋置水军，设统制。元朝设市舶司，外国商船和闽粤商贾经常在此贸易。鸦片战争后，由于上海开埠，乍浦作为海运港口逐渐衰落，但仍是重要的军事港口，驻有重兵。中华民国时期，乍浦被划为军事要塞区，孙中山先生为此画出"东方大港"的宏伟蓝图。

　　乍浦人民富有爱国主义精神和光荣的革命传统，在反对外来侵略的斗争中，英勇战斗，不怕牺牲。明代，倭寇先后侵扰。明将俞大遒、汤克宽等皆转战境内，屡建战功。鸦片战争期间，英军数次进犯乍浦。清道光二十二年（1842）四月初九，英军战舰共24艘数千人大举进犯，军民顽强抵抗，沉重打击入侵者，击毙英军第十八团指挥官，重创英军第四十九团。乍浦人民自发组织"义勇军"与敌作战，沿塘防堵，英勇抗击，600多名官兵壮烈牺牲。

乍浦有一首民间歌谣《十月初三鬼子到》，歌谣这样唱道：白头颈老鸹嘎嘎叫，十月初三鬼子到。头阵飞机，二阵大炮，三阵枪来四阵刀，五阵要把火来烧。老百姓要把命逃，真苦恼，真苦恼。这首歌谣就是1937年11月5日日军在全公亭登陆的真实写照。

哪里有侵略，哪里就有反抗。十四年抗战，全国人民在抗日民族统一战线的旗帜下，不畏强敌，不怕牺牲，表现出了和敌人血战到底的英雄气概。乍浦沦陷后，当地中共地下党员和地方武装力量纷纷行动起来抗击敌寇，保境安民，涌现了很多可歌可泣的英雄故事。

时光飞逝，时间来到了公元2021年。站在两个一百年奋斗目标的历史交汇点上，经过几代人的努力，今日的乍浦已是今非昔比。2020年嘉兴港区完成货物吞吐量1.17亿吨，同比增长7.34%，成功跻身"亿吨俱乐部"。作为上海洋山港和宁波北仑港的配套码头，乍浦也迎来更大的发展机遇。

隔着铁丝网看着有些斑驳的天妃宫炮台，这座始建于康熙五十六年（1717）的雄伟铁炮正对着宁静的杭州湾海面，海上时而浪花朵朵，时而渔舟浮过。似乎还能听到潮涌的声音，可以闻到海的腥涩，能感受到一丝海水的冰凉。

回来的路上，脑海中不停回响着悠扬的《我和我的祖国》

的歌词：

> 我的祖国和我，像海和浪花一朵，
> 浪是海的赤子，海是那浪的依托，
> 每当大海在微笑，我就是笑的漩涡，
> 我分担着海的忧愁，分享海的欢乐……

我想乍浦就是这样一座海港市镇，目睹了我们民族在近代的衰落，也正在见证中华民族的伟大复兴。

记小平山

徐程汝

　　我不是乍浦人，第一次来乍浦是小学六年级。那一年学校组织了社会实践活动。得此缘由，我第一次走进了乍浦。虽已过去十几年，但第一次来乍浦的点点滴滴却一直印在脑海中，挥之不去，不仅仅因为那是学生生涯的第一次外出实践活动，也是因乍浦的独特魅力。第二次来乍浦又是两年后，跟着长辈们来乍浦踏青，说是踏青，其实就是在九龙山国家森林公园兜了一圈，还没好好看个够，却要匆匆离去，留下了好多遗憾。

　　许是与乍浦有缘，我在毕业后考入了乍浦小学，后又在乍浦成家，这儿俨然成了我的第二故乡。老公家在南湾花苑，那是个好地方，前面靠山又临海，每天来来往往锻炼身体的人络绎不绝。彼时的山已开发了很多年，环境清幽，空气怡人，没事的时候我也喜欢往山上走走。南湾花苑东面的那座小山依然保留着原始的状态，只有一条弯弯曲曲不太好走的泥路，并未很好地得到开发利用。周围的其他几座山都已逐渐繁华起来，而它则略显落寞。

几年前的早晨，外面突然传来工程车施工的嘈杂声。往窗外一看，原来是几辆挖掘机在小平山的山脚下施工。那段时间，几乎天天都能听到这样的嘈杂声，这是要对小平山进行开发吗？隔段时间我就会透过窗户看看工地的进度，真期待它的新模样。

　　慢慢地，山脚下的"小平山公园"落成了。从前年夏天开始，这儿就成了乍浦新晋的网红之地。一到夏天的晚上，这儿就是乍浦最热闹的地方。五颜六色的灯光照得公园光彩夺目，小桥流水，灯光摇曳，如临仙境。等公园里的花儿绽放得最美之时，我的一双儿女总喜欢缠着我带他们去公园遛弯。只要我有空，也总愿意带他们去那儿走走，看看世界的美好，感受家乡之美。哥哥在前面骑着自行车，而我则推着妹妹慢慢地走着，边走边看。身边不时走过如我一般的人，有锻炼身体的老人，有遛狗的年轻人，也有来玩耍的孩子，大家不约而同地来到了小平山，只因喜爱这儿迷人的景致。

　　每隔一段时间，小平山就会给我带来惊喜。绿色健身步道建成了，会变换不同图案的霓虹灯装上了。孩子们总喜欢在灯下玩耍，看着柏油路上那不断变幻的图案：当你想摸一摸那艳丽的牡丹时，它却瞬间变成了灵动的蝴蝶，再想捉蝴蝶时又变成了清丽脱俗的樱花。

　　都说人间四月最美时，当下正值四月，小平山公园的樱花早已久候游人，海棠也不甘示弱，尽情绽放。再次推着女儿在那一株株樱花树下走过，微风拂面，花瓣扑面而来，好似下了一场花瓣雨，如梦如幻。

　　我相信，这绝不是小平山最终的容貌。在历史的长河中，它一定会再一次蜕变。待我那一双儿女成人时，它又将如何惊艳于世人呢？正如从我第一次跨入乍浦再到如今，它早已经历了一次又一次的蜕变，变得更受人们喜爱，更让人觉得恋恋不舍。这一切的变化归功于勤劳的乍浦人，来乍浦的短短数年，我就已深切感受到他们的勤劳、质朴，勇于奋斗。我庆幸，此生能有机会常住乍浦，而港区梦也一定会随着中国梦一同实现！

嘉兴港区短章

周　耗

看　海

那天晚上，我做了一个梦，金色的阳光，蔚蓝的大海，梦是五彩斑斓的。我是梦中人，好像我也在看梦，现实和梦境没有区别，就像大海和天空没有区别。

在海边，我是一个不谙世事的少年，奔跑的身影和海滩融为一体。远处的汽笛声和地平线，是心底的风景。远方有诗意，远方又是那么的缥缈，而奔跑的风，是青春的模样，也是初恋的记忆。

我是看海的少年，捧起一把海水。

我是看海的少年，带着一个秘密。

海太辽远了，没有尽头，我只能在海滩上奔跑，向前奔跑是我血脉的搏动。我向前奔跑，停不下来。

集装箱码头

头顶的云，被海风吹来吹去；云顶的司机，登高望远，他操控着吊机，俯瞰码头众生。码头是一个巨大的世界，它和遥远的国度相连，它承载了人们的梦想。

方方正正的箱子，钢板做成的琴键，碰撞的音符，轻轻吟唱。我们跟着哼起一首渔光曲，波光粼粼的水面倒映着你我。

海风有点咸涩，习惯就好了。

此刻，我们用脚丈量码头的宽度，心里却在想着海的那一边。在海浪奔涌的时候，地球旋转。

那些箱子，在空中移动，如孩子的积木；那些箱子，裹挟着海风，呼啸而去。

一滴洄游的水

一滴水，进入管道，往前行进，加温、蒸发、冷却、凝聚……在弯弯曲曲的管道里，它们挤挤挨挨，犹如一群春游的孩子，对前方充满了好奇。

水的可贵在于：利万物而不争。它们懂得世间万物的需要，懂得自己走了一程又一程，却也不会停止脚步。

在嘉兴港区的化工园里，水管布满工厂的车间，也布满大地的角落。我听到水声轻柔流过，从这一端进去，转了一圈又重新起航，就像洄游的鱼群，随着潮汐来来往往。我们都知道一个道理：水是珍贵的，不能浪费一滴水。是的，我赞美一滴水，就是赞美这美好的生活。

乍浦，乍浦

我很小的时候就知道了"乍浦"这个地名，那时候，它是上海一条马路的名字。后来长大了，我知道"乍浦"不只是一条马路，还是海边的一个镇。海边，是我向往的地方，海边的鱼腥味充满了神秘。

不知道为什么，一想起乍浦，脑海里就出现一幅画面：爆炒的小海鲜飘着香味，食客们坐在大排档中，喝着啤酒，红光满面，嘈杂声此起彼伏，而海浪轻轻地拍打着沙滩——这该是一部电影吧？

几十年后，我终于踏上乍浦这片土地。我来到海边，寻找年少时的印记，寻找咸腥味里的方言，寻找诗词中的句子。我发现，这个梦，我做了长长的几十年。

乍浦，我一次次按下快门，让风景留在相机里，因为我怕我的脑海中装不下它所有的景致。而我，又是一个贪婪的人，不愿错过它在时光里留下的这本厚厚的线装书……

建党百年，塑梦百年

何炳伟

百年前华夏大地死气沉沉，亿万中华儿女被人奴隶、任人宰割，抓不住阳光，看不到希望。我们疲惫地拖着千疮百孔的身躯，在历史的长河中艰难爬行，血与泪一次一次地模糊我们的脸，不知方向在哪，不知未来如何。但我们眼中始终有光，心中信念不放。我们坚信，一定会有改变历史的伟大思想，化作一叶扁舟，承载苦难的中华民族，披荆斩棘，驶向中华民族伟大复兴的康庄盛世。

1921年的夏天，南湖红船上的星星之火，如今正以势不可当的燎原之势，点亮华夏，绽放世界。她点燃残破中华民族的希望，她在万恶的旧社会里绽放光明，她就是中国共产党——我们永远的母亲。

在黑暗历史中诞生的伟大党派——中国共产党，仿如一道曙光划破黑夜，闪烁于东方。中国革命史从此翻开了崭新的一页。她带领中国走过百年的风雨，领导我们越过一个个坎坷。抗美援朝，艰苦立国；两弹一星，傲立东方；改革开放，焕发生机；2008，圆梦奥运。建党百年之际，我们比任何时候都要接近中华民族伟大复兴。百年的复兴之路，让千疮百孔、民不聊生成为历史。昨日的茅檐瓦舍，已被今天的高楼大厦取代；昨日的"东亚病夫"，已成引领世界发展的重要力量。

1991年，我出生在乍浦，一个普通的中国乡镇。小时候的我，和全中国所有的小朋友一样，不谙世事、无忧无虑、天真烂漫，在一片祥和的世界中健康快乐地成长。而如今，三十而立，我逐渐深知，这让我们中国人习以为常，再正常不过的安宁，是如何的弥足珍贵，是多少先辈英烈用热血换来的，是多少同胞负重前行，为我们扛下了所有。

我是一名"90后"，一个平凡的中国人。我在我的家乡工作生活，有自己的一番事业；我是两个宝宝的父亲，和妻子相敬如宾，我父母身体健康；我有自己的小房子，有自己的小车子，我现在很幸福，溢于言表的幸福。我内心充满安宁，让我头疼的可能也就是什么时候能减肥瘦身，假期该去哪里阅遍祖国山河。我的日子有奔头，我的生活甜如蜜。感谢中国母亲，感谢中国共产党，感谢一代代的伟人，把我们曾经苦难的中华民族，保护得如此安好。

春节，本该是举家团聚的日子，可是2020年却是不同寻常的一年，一场新型冠状病毒感染的肺炎疫情席卷全国，牵动着亿万国人的心。2003年的非典，虽也经历过，但当时还是懵懂孩童，所思所想皆不深。2020年，我却已成长为一名白衣战士，虽然没有机会奔赴武汉抗疫一线，但我深知自己的使命，明白自己的任务，时刻坚守在本院急诊内科的抗疫一线，救治病患。

隔离衣、防护服、N95口罩和防护眼罩的滋味确实令人难受，但心想我那群最可爱的战友，在武汉最前线，在龙潭虎穴之中，拼死救治同胞，他们不畏生死、不计报酬，我这点小难，又能算得了什么。战"疫"，是一次大考。在这场没有硝烟的疫情防控阻击战中，无论是冲锋一线的战士，还是自我防控的广大群众，举国上下，全民抗战，共克时艰。人心齐，泰山移，在党中央的坚强领导下，亿万人民同心协力，才是打赢疫情防控阻击战的根本原因。

这次疫情下，无数国人和我一样，曾无数次落泪，那是心疼的眼泪，是着急的眼泪，是感动的眼泪，更是自豪的眼泪，是骄傲的眼泪，是振奋的眼泪。这场战"疫"，让我们国人深刻体会到社会主义制度的无比优越性，体会到我们的祖国母亲，是多么关爱她的孩子，体会到我们的中国共产党，是真正把人民装进心里的伟大政党。

建党百年，塑梦百年，一百年的种种变化，让我感慨万千，而自己经历的只是千千万万国人生活中的一个小小缩影。"不忘初心、牢记使命"，让我们时刻团结在以习近平同志为核心的党中央周围，奉献青春，贡献力量，为实现中华民族伟大复兴的中国梦而努力拼搏。

建党百年，喜看嘉兴港区变化

——岁月的沉淀，是时代的铭记

陈怡晓

　　1921年，一艘红船承载着革命理念，迎风起航。从此，开启了一个新的光辉时代，带领我们走向了富强，实现了民主。时光飞梭到2021年，眨眼间，建党已百年，有太多的变化无法一一述说，有太多的感激之情难以言表。作为一个生在当代之人，仅能以感恩之心回顾往昔。

　　嘉兴港区，一个地处杭州湾北岸、依山傍海的港湾城镇，自古就有"海口重镇"之称。现被保护起来的南湾炮台、天妃宫炮台就是重要的军事遗迹，缓缓向世人讲述着国人勇往直前、拼搏奋斗的反侵略故事。翻开历史的篇章，回到党诞生的年月，感受历史的变化、岁月的沉淀。听，时代的故事。

建筑，时代的缩影

　　建筑，是一个城市在历史变迁过程中沉淀下来的精华，也是集中体现一个时代的标志。那时，嘉兴港区仍然隶属于乍浦辖区，仅仅是中国地图上一个渺小的县城。当年的建筑普遍低矮，在融合外国建筑的风格上，整体保持了中国传统的建筑特色。中华民国特有的红砖、青砖是那个时代的记忆点。

来到今天，建筑艺术和时代紧密同步，得益于中国共产党引领的改革开放。大刀阔斧的改革，是一个城市发展的必然过程。过程固然艰辛，但在中国共产党的领导下，我们走出了一条有中国特色的社会主义的光明大道。现代建筑既是中国的，也是世界的。这个时代的铭记点在于拔地而起的高楼大厦，绚烂辉煌的城市夜景，仿佛给灰黄交错的百年历史，洒上了漫天光辉。这一切，都来自中国共产党百年艰苦奋斗的积淀，每一根梁柱、每一片砖瓦上都凝聚着所有建设者的智慧结晶。

生活，无声的诠释

生活方式的改变，大概是最润无声，却切切实实在诠释时代进步的。满园花色初袭人，浓浓春意笑欢颜。繁华、热闹，是这个时代的铭记点。在汤山公园，游人比比皆是，更多的老人小孩有着闲暇时间可以亲近自然、放松身心，用自己的脚步感受大自然的美好风光。我无法感受1921年的生活，但至少在我记忆深处，农耕、苦作牢牢抓住了记忆的影子。

当我还是稚童，夜色已深，楼下晾谷场还打着高瓦数的白炽灯，簸谷机还在运转，爷爷奶奶爸爸妈妈在埋头苦干。耳边是轰隆隆的机器运作声，炎热的夏天只能感受那电风扇带来的"呼呼"热风。那段记忆是深刻而鲜明的，却不是让人怀念的。我欣喜于当下的岁月美好，爷爷奶奶可以携友喝茶、聊天，交流下小孙女又长胖了一两斤，抱怨下青菜又贵了几毛。虽然生活依旧充斥着鸡毛蒜皮，但是他们却能够拥有闲谈的时间，再也不是记忆中低头干活，偶尔匆匆灌下几口凉水又疾步前行的身影。建党百年的成果体现在生活的点点滴滴，在时光的分毫中满满溢出。健在的爷爷奶奶往往是最能感受嘉兴港区新变化的，同时也更加珍惜现在的幸福生活。他们，最能感受党的英明领导，只因他们累过、苦过、心酸过、挣扎过、迷茫过，现在却很甜。

现在的嘉兴港区成绩斐然，经济稳中有进，人民安居乐业，但从未停下追梦奔跑的脚步。百年奋斗，引领生活；不忘初心，铿锵前进；岁月沉淀，时代铭记。

览山海之秀色，观百年之巨变

顾心媛

嘉兴港区坐落于杭嘉湖平原，依山傍海、风景秀丽。这是一片历史悠久的沃土，在近现代，更是发生了翻天覆地的改变。自港区成立以来，当地人民抓住发展的机遇，以勤劳的作风开拓进取、勇立潮头，创造了一个又一个可喜的进步。

这片土地的底色是绿的。秀水泱泱，鱼米之乡，马家浜文化告诉我们，数千年之前就有先人在此繁衍生息。嘉兴别名"禾城"，绿油油的禾苗，哺育了千百年来的人们。勤劳的人民，传承了先祖的精神，深深扎根于泥土，收获了春华秋实。且看，现如今嘉兴农村居民可支配收入位于全国前列，城乡发展差距较小，农民们的钱包鼓了，居住的环境也美了，描绘了新时期社会主义新农村的具体图景。"绿水青山就是金山银山"，经过多年的"五水共治"，嘉兴地区的水质得到逐步改善，河道愈加宽阔，港区的河海联运优势得到不断体现。大家共同书写了人与自然和谐共生的美丽画卷。

这片土地的底色也是红的。天妃宫炮台和南湾炮台，大概是每位港区人民成长中的共同记忆，更是英勇人民抵抗外敌侵略的珍贵历史见证。百年之前，内忧外患，伟人孙中山救亡图存，谋划了东方大港的蓝图。他在《建国方略》一书中提到了乍浦一带，只可惜当时未能圆梦。与此同时，在距离港区四十多公里的南湖，一群热血青年聚在一起，在一艘红船上翻开了历史的新篇章。自此，中国共产党成立，革命面貌焕然一新。"星星之火，可以燎原"，越来越多的嘉兴人民加入到中共抗日的队伍中，用行动写就了如今的"红船精神"，激励着一代又一代的后人。炮台的一旁，就是九龙山上的革命烈士纪念碑，纪念着烈士们的忠骨与英魂，更时刻提醒我们挺起自己不屈的脊梁，珍惜眼前的和平。

而今，这片大地五彩斑斓，未来必将更加丰富多彩。改革开放以来，人们纷纷从朴素无华的砖瓦房搬进了高楼林立的现代化小区。曾经泥泞的村道，如今平坦宽阔，小桥流水彰显了鱼米之乡的底蕴。例如马家荡村一般的美丽乡村创设，使乡村焕发了新的生机，农家乐、果园、风情游等绿色经济使农民创收。人们用智慧和劳动创造了社会主义新农村的宜居家园。再看那绵延数里的水上栈道，点缀了乍浦这座美丽的古镇。每当傍晚时分，彩灯闪烁、轻歌曼舞，港区的居民便出门散步，欢声笑语充盈各处。把目光投向远处，每天从早到晚，有着不计其数的各色船只到港，为人们的生产生活输送源源不断的物资，促进港区贸易的往来……

"百年恰是风华正茂"，恰逢建党百年，同时也是建区二十年，毫无疑问，今年对于我们港区人民来说有着特殊的意义，我们交出了一份用心的答卷。二十载芳华悄然逝去，在全体港区人民的辛勤奋斗下，港区已在不知不觉间改头换面，人们的生活幸福感越来越强。"一万年太久，只争朝夕"，乘着伟大祖国富强的翅膀，在党中央的英明领导下，港区的发展必将扶摇而上。让我们携手共进，再创辉煌。

老屋，新居

黄春兰

    1997年，刚上一年级的我，背上书包，踏着晨曦的微光，沿着天妃路，一路向北，走向我的乡下老家——染店桥施家庄。

    思绪飞回了那间矮矮的土坯房。寻梦，总会回到那个小小的房子，土墙青瓦，杉木门窗。老屋的瓦沟里长满青苔，黄泥墙壁粉尘脱落，两扇略显笨重的大门也是油漆斑驳，绽开一条条深深浅浅的裂缝，好似老人额头遍布的皱纹，那斑驳陆离的墙面宛如一幅发黄的油画。

    依稀记得，老屋门前有个小池塘，晒场是一块平整的泥地，踏进前厅，屋内亦是泥地。抬头向上看，能看到透过屋顶瓦片射进来的点点阳光。最忙活的，莫过于下雨天，淅淅沥沥的雨水总会顺着屋顶的缝隙，滴在前厅、房间、厨房，爷爷总要拿出许许多多锅碗瓢盆去接，叮叮咚咚，全是雨声。后院有个小小的天井，记忆中，还有一口大大的水缸，奶奶总是在下雨时掀开水缸的木板盖子，让雨水尽数落进缸内。屋后是一大片竹林，春雨过后，总有许多春笋拔地而起，顶泥而出，它们无处不在，甚至在厨房的泥地里，也曾出现过它们的身影。那时，从镇上去乡下，要绕道过去，我对老屋的印象，已然不是很清晰，只是记得，要坐在爸爸自行车后面颠簸很久，妈妈怕我在后座睡着，会用一根围巾把我和爸爸绑在一起。每次从乡下回来，我总是在颠簸中，慢慢进入梦乡……

后来，老屋因为被列为危房，得以重建。干劲十足的爸爸，开着他刚买的二轮摩托车，往返于乍浦与乡下。终于，老屋原地翻建，变成了一幢两层的新房子，爸爸的脸上洋溢着满足，爷爷奶奶更是笑得合不拢嘴。也是那一年，爸爸买了他的第一部手机，别在腰间的手机包里，神气十足。后来，施家庄面临拆迁，爷爷奶奶要离开他们住了一辈子的地方，满满的不舍。搬迁时，老屋的八仙桌、五斗橱、木桶等各种老家什，都被他们当成宝贝一样，一股脑儿搬走，什么都不舍得丢去。那些老家什上沉淀着爷爷奶奶一辈子的劳动与汗水，他们要和土地告别，和老宅基告别，和曾经的艰苦岁月告别。

4年后，拆迁安置的小区终于交房了，搬进崭新、装饰一新的新居，阳光洒进宽大的落地阳台，铺满客厅。宽敞的客厅，明亮整洁的餐厅、厨房，温馨的卧室……雨天时，再也不必担心雨水从屋顶瓦片的缝隙里淌进来，明净的玻璃窗将风雨都隔绝在外，只留下一室的温馨与甜蜜。无论朝阳初升，还是彩霞将落，临窗远眺，总是别有一番滋味。与老亲们住得更近了，原先需要跨越整个乍浦才能见面，现在都在一个小区，最远也只是在越过一条马路的另一个小区。每天回家，总能迎来一声声"阿囡，回来啦"；总能在进入小区后，卸下全天的疲惫。拆迁，让亲人之间的距离更近了，感情更深了。老一辈们，带着小木凳，寻一处，午后暖阳下，夏日树荫下，畅谈如今美好的生活。

老屋换新居，是生活被这个时代松了松土，腾出更多的空间让亲情交织的根系更好地生长，让我们花开繁茂，一起簇拥享受阳光带来的欢愉与美好。

美丽港城我的家

胡春飞

在我小学时的拓展课程里，有一本叫《乡土知识》的读本。其中有章节向我们讲述了乍浦的人文趣事、自然风光和风物美食等课外知识，它就像磁铁般深深地吸引了我，直到大人连催好几遍吃饭，我才不情不愿地合上书本。

大学毕业后，我有幸来到了嘉兴港区参加工作。望着眼前郁郁葱葱的九龙山、威武的炮台和沧桑的摩崖石刻，这一切显得既亲近又遥远。微咸的海风唤醒了多年的回忆，哦，原来我看过和听过这里的故事。

跟随时间的脚步，让时光成为最温柔的见证者。2021年是我在港城工作和生活的第18个年头，从初出茅庐到安居乐业，我随着港城成长。这些年来，从景物到风土人情，从环境面貌到百姓民生，对港城从模糊到清晰的认识也变得越来越生动和活泼。亲眼看着港城变高、变亮、变摩登时尚，变大、变新、变文明清洁，目睹着它的发展，感受着它的活力，享受改革和发展带来的红利，很有获得感。美丽的港城显山露水，地杰人灵，悠悠千年古镇向人们展现着喷涌的勃勃生机。

　　不管你在大街还是小巷，无论你在乡村还是在城镇，都可以邀上三五好友或者独自信步于家门口的口袋公园，感受鸟语花香，体会当地人文特色的魅力；或休闲坐，或健身跑，或扭起秧歌跳起广场舞，大人们谈天说地，孩童们天真烂漫地玩耍，邻里守望互助。在突如其来的疫情面前，我们临危不惧，精心部署，党员群众守好大小门，筑起坚固的防线，画出一个最大的同心圆，成功地保持零感染的记录。

　　"五水共治"留住了我们的真山水，让龙湫泉更加清甜甘冽，美丽河道中鱼翔浅底，荷花映日，白鹭齐飞；岸边桃红柳绿，游人如织的水上步道，洋溢着人在画中游的诗境美。园区的"两无一化"让园区变成了公园，蓝天白云与绿植花朵相映衬，随手拍拍即是"美拍"。清晨那金色阳光洒满海岸线，海面波光粼粼，晚上的霓虹点亮了港城那高高的天际线，城市流光溢彩；光影下的港口一派繁忙、通江达海，这里就是名副其实的"东方大港"。

　　白墙黑瓦的老街以温雅的气质悠悠地讲述着属于它的故事。一片片青瓦和条条石板流淌过历史的雨，一块块青砖垒砌起古镇的故事，每一扇窗户里都亮起温暖的光，这里是心灵可以停靠的港湾，是温馨有爱的家。在"饭迄米"的招呼声里，在绿葱姜盐里，在活蹦乱跳的海鲜里，满是港城人活色生香的人间烟火，当舌尖味蕾被俘获的那一刻，是多么幸福的一件事情。

　　在四角转子，在东门大街口，时间如老人般守望着百年玉兰、千年银杏，朴素优雅的玉兰书房书香飘满城，崇文尚礼的风尚在流淌，文化根脉源远流长。教育名校中高考屡获骄人成绩，民生文化场馆建设如火如荼，医疗卫生事业长足发展，乍浦非遗文化馆成功地串联起历史和现在，启迪我们更好地去思考未来，建设明天。

"雄关漫道真如铁，而今迈步从头越。"昂首阔步迈入"十四五"的新港城，筑巢引凤、逐梦奔跑，使"五色"元素更加丰富和饱满，将实现更高能级的港城大融合。让我们一起见证它的跃升，迎接它的蝶变，期待港城的高光时刻。

美哉，嘉兴港区

顾 坚

一

从小就知道浙江有个嘉兴，那儿有一个美丽的南湖，南湖上有一艘不朽的红船。人在旅途，不知唉过多少嘉兴粽子，糯而不腻，咸甜适中。嘉兴有我的文学同道、作家好友。嘉兴距离我居住的扬州300公里，差不多是我每月晨跑的总长，对于现代交通而言，真的不远。尽管如此，我却不曾去过一次嘉兴。我在等待，等待一个合适的机会。心仪的地方，憧憬已久的地方，出行是要有心理准备的，最好有顺理成章的理由，如果有来自友情和文化的召唤，那就更好了——这样的机会，真的来了。

2021年5月11日，我起床后习惯性地打开手机微信，看到浙江平湖市作协主席詹政伟的留言，邀请我参加中国长三角作家诗人大型创作采风活动，采风地点在嘉兴港区范围内，时间是本月27到28日，问我是否有空。我大喜过望，马上摁字回复：有空，一定过去，必须过去。

对方马上发来三个表示"OK"的表情符号。

我心中喜悦之余，突然想起詹政伟的这个邀请其实去年就已经口头发出了。2020年10月底，湖州中学举行"杨静龙文学工作室"驻校挂牌仪式暨《两山文学》微刊研讨会，我和詹政伟同为特邀嘉宾。虽然在国内文学界，彼此有所了解，见面倒是第一次，却是一见如故，投缘得很。晚宴时我们坐在一起，酒酣耳热之际，听他说道，明年他负责策划一次文学采风活动，欢迎我到时去平湖指导。当时以为是客气话，我笑着说好啊，并未太放在心上，想不到政伟兄是个言出必行的人，现在向我发出了正式邀请，我自当有诺必践——何况这是到嘉兴港区！只是我不大明白平湖办的活动，何以办到嘉兴港区？我马上上网搜索，不禁哑然失笑，还是自己地理知识欠缺——嘉兴港原来就是乍浦港，而乍浦是平湖治下的一个千年古镇！

两天后，正式的邀请函便发过来了。我打开一看，这次采风的主题是庆祝建党100周年、嘉兴港区体制调整20周年，主办单位是嘉兴港区党工委、管委会，承办单位是港区党工委宣传统战群团部、中共乍浦镇委员会、乍浦镇人民政府，下榻处和采风活动启动仪式均在位于镇区的平湖杭州湾海景大酒店。此次活动邀请的作家诗人总计30位，分别来自上海、江苏、浙江，其中不乏我熟识和了解的朋友，如苏州的葛芳，无锡的黑陶，吴江的李云和周浩锋，湖州的杨静龙和沈文泉等。想到不久能和长三角这么多老友新朋聚会，共度两天形影不离的美好时光，心中不由得好一阵激动。

5月20日，政伟兄给我留言，让我提早一天过去，因为会议报到时间是27日上午10点钟之前，我当天赶过去肯定来不及。我依言办理，用手机在网上预订了5月26日和28日扬州到嘉兴的往返高铁票。

<h1 style="text-align:center">二</h1>

如今国内出行，交通十分便捷。5月26日下午，我从扬州东站出发，不到两个半小时便抵达嘉兴南站。下了高铁打车，又半个多小时，来到平湖市人民东路101号南河头的"老平湖饭店"。

和苏州观前街、扬州东关街、泰州坡子街一样，南河头是平湖保存相当完整的老城区。南河头古称鸣珂里，位于当湖街道南河两岸，呈现"两街夹一河"的传统水乡格局。该地区建筑多为清末、民国初建造，临河路面仍保持原有石板材料，两岸条石垒叠的石驳岸整齐划一，岸边河埠头半掩水中，埠头边的船鼻子工艺精巧，保存完好。全长250米的石板路两侧曾是莫氏、葛氏、张氏、陆氏、陈氏、徐氏等多个名门望族的旧宅，现该地区仍有大量居民，是嘉兴市文明示范小区之一。2000年2月，南河头被定为省级历史文化保护区。感谢政伟兄有心，把接风宴安排在这么古意盎然的地方。下了车，我不顾天空飘起了小雨，先沿南河头拍了一组照片发在微信朋友圈，其中有一张是创始于清同治十三年（1874）的中药店"胡庆余堂"，马上就有朋友在下面留言：顾老师，胡庆余堂的补药是有名的，建议买点哦。

走进饭店"明楼"包厢，政伟兄已在等候了。这是我们的第二次握手，非常亲切！正寒暄间，外面走进一位风尘仆仆的背包人，甩着被雨淋湿的头发，我定睛一看，原来是久仰的温州作家马叙。政伟兄笑着告诉我，这次采风活动就数我和马叙路途最远，所以也请他今天提早来平湖了。

说来凑巧，政伟兄、我和马叙分别是平湖、泰州、温州作协的副主席，都是诗、散文和偏重小说创作的，坐在一起自然有聊不完的话题。叙谈之间，陆续进来几位当地朋友，政伟兄一一做了介绍，一桌人便坐齐了。开席前，我取出遵政伟兄所嘱，为平湖少儿文学创作中心和萌芽小作家写的两幅字，另有几本新出版的小说则当场签名送给了平湖的几位朋友，一时欢声笑语。品尝过平湖美食，平湖市文旅局副局长倪琦根开车把我和马叙送到位于嘉兴港区的杭州湾海景大酒店。

三

一夜好睡。早上起来打开南窗垂帘，从二十层楼上眺望，远处的杭州湾浩渺无际，杭州湾跨海大桥如一条巨龙卧在海波之上，从嘉兴这头到宁波那头，36公里的长度呵，真是神龙见首不见尾，让人不由得感叹中国现代桥梁工程的气魄和伟大！

把目光往回收，沿海岸线的港区码头塔吊林立，九龙山国家公园、汤山公园树木蓊郁。推开窗户，清凉的海风扑面而来，令人心旷神怡。

嘉兴港区东距上海95公里，西离杭州110公里，北至苏州115公里，南至宁波120公里，是"长三角"沪、杭、苏、甬地区的重要交通枢纽，并与上述城市构成"一小时交通圈"。因此，上午10点前陆续到酒店报到的作家诗人很多是自己开车来的。在酒店小厅会议室，大家观看了嘉兴港区宣传片，听港区领导介绍了港区基本情况；受大会安排，我代表江苏作家诗人发了言。

下午2点，采风正式开始，第一站便是参观嘉兴港口码头。

嘉兴港是国家一类开放口岸，为浙北杭嘉湖地区唯一出海口，拥有海岸线74公里。作业规划面积5.4平方公里，已发展成为公专用泊位相配套、内外贸兼营和集装箱、散杂货及液体化工品装卸功能齐全的综合性港口，拥有码头泊位46个，其中万吨以上的有34个，货物吞吐量跻身全国十强之列。

我们的观光大巴车出发没几分钟，便来到港区码头的集装箱区，五颜六色的箱柜层层叠叠地垒放着，简直和孩子们堆积木一般，看似杂乱却又规整，煞是好看；场地规模之大堪比两个足球场，其堆放数量何止一千两千，足见港区吞吐量之大！车子穿过集装箱区，前面便是装卸区了。

大家下了车，港区工作人员早就等候着了，给我们分发安全头盔。这时候，我们的眼睛已经不够用了。临海的装卸码头像一条高硬化的水泥飞机跑道延伸出去，一长溜几十门漆成深蓝色的吊机整齐地矗立在上面。我从来没有近距离观察过这种固定在海运码头泊位上的岸吊。不同于普通港口那样伸着长臂的门座式起重机，这些吊机看上去更稳固，更高大，更巍峨，甚至让人感到一种莫名的庄严。它的吊重能力更强，最大负荷能力达60吨。站在吊机下面，看着上面交叉着的粗壮钢铁构件，我居然有置身于艾菲尔铁塔下的感觉。

站在高高的海岸上看大海，大海更加浩瀚雄阔，看远处海中的孤岛，深海中行进的巨轮，看半截没入云岚之间游龙一般的杭州湾跨海大桥，含着微腥的海风仿佛吹开了胸襟，我的吐纳变得深沉而有力！

码头工作人员按接待常规给我们讲港口的历史和发展，可是这帮作家诗人哪里还有耐心认真听下去，反正手头上已发有详尽的资料了。几位女团员发出的惊喜尖叫和笑声惊飞了近处的海鸥，她们活泼地摆出各种pose拍照。有她们的示范，男团员们也纷纷仿效，三五成群地合影留念。

在港区码头流连太久，以至于领队不得不下令强行转场，来到采风的下一站——化工园区。

在三江化工有限公司宽大气派的会议室里，我们聆听了接待领导对公司创建历史和发展壮大的详细介绍。这是一家成立于2003年的外商独资企业，为中国最大规模的民营环氧乙烷及AEO表面活性剂生产商兼供应商。公司拥有一支开拓创新、求真务实、经验丰富的管理团队及一批专业技术知识扎实的一线人员。由于占有天时、地利、人和，公司自创建之初就显示了旺盛的生命力和强劲的发展势头，也顺理成章地成为嘉兴化工龙头企业和纳税大户。听完报告后我们参观厂区，看到了那两个中国最大的储量均为22000立方米的乙烯储存罐，真的是硕大无比，每一个占地都超过篮球场的面积，令人叹为观止！我联想起以前家乡小镇上曾建有一座小化工厂，建成之后异味不断，附近小河变成了死水，鱼虾不生，搞得民怨沸腾，最后不得不关停转向，而这里偌大的化工厂区，不仅听不见噪音，更闻不到任何臭气怪味，我不禁有些讶异。公司讲解人员告诉我们，作为全省16个重点园区之一，嘉兴港区以化工新材料、硅产业等为产业主导，园区内化工企业众多，废气成分复杂，园区异味问题确实时有发生。为了改善民生，提高人民群众的幸福指数，嘉兴港区在全国率先提出创建"无异味企业"，多年来坚持全民共治、源头控制、综合治理、重点突破，终于实现了环境效益、经济效益和社会效益多方共赢。

离开化工园区，我们又驱车前往马家荡农业园区，参观美丽乡村。由于时间关系，来不及实地参观，我们来到园区农创中心，在光电影像和微缩沙盘的参照下，听接待人员做了园区区位交通、资源优势、园区规划、政策支持、产业需求几个板块的介绍，感受现代农业的新鲜和神奇，真的是既长了知识，又开了眼界。

一天的采风活动密集而充实。全体团员宛若家人，格外亲热。晚宴过后，意犹未尽。我和杭州的许春波和魏丽敏，湖州的杨静龙和沈文泉，苏州的葛芳和李云几位买来酒菜，来到嘉兴的薛荣房间，率意畅谈，玩笑打趣，一直闹到子夜方散。

四

5月28日上午，我们先游览了乍浦老镇区，随即直奔南面滨海大道和天妃路交叉口处的汤山公园。在车上，领队介绍道，汤山公园是嘉兴港区2004年始建的大型开放式公园，和九龙山公园南湾景区相邻，都是沿海而筑，不但是附近居民休闲的好去处，也吸引着越来越多的外地游客，不售门票，停车也方便。下了车，走进公园，发现有现代广场，也有古典的小桥流水、亭台楼阁。乍浦是曾经的海防重镇，我们在临海的天妃宫广场参观了当年清军驻守的炮台，为清道光二十一年（1841）重建，扼守入乍浦海上要道。炮台平面呈扇形排列，用石灰、砂、糯米混合浇筑而成，中间两间屋顶在抗战期间被日本飞机炸塌；内有铁炮3门，虽然锈迹斑斑，但依然很有气势。置身于我国近代史上反侵略斗争的重要军事遗迹，所有人皆表情凝重，若有所思。

离开天妃宫炮台，我们顺着海岸走走停停，由于尚未涨潮，海湾中绿茵茵的海草在海风的吹拂下竟有点草原的意味，再远处的滩涂上，则停着大大小小的渔船。领队对我们说，向前走就是山湾渔村。

在进村的路上，我们看到有村民在树荫下悠闲地织着渔网，还有不少卖海产品的，各种鱼干和虾干，都是自家捕捞制作的，非常地道，在超市里不容易见到。事实上，这个背山临海的小渔村，现在以农家乐和海鲜为主业，其中更以近海小海鲜闻名，菜式由海湾人家自己的家常菜演变而来，用刚出海的鲜活鱼虾烹制，带有浓郁的渔家味。这时候，路边已经有小食摊开张了，游客品着鲜香的菜肴，喝着啤酒，观山望海，谈笑风生。我和杨静龙买了几斤小鱼干和海虾米拎在手上，边走边赞叹小渔村的美好环境。杨静龙煞有介事地对我说，啥时有工夫和闲情，可以结伴来这个渔村住上半个月，拿出个中篇（小说）不成问题。我说这倒未尝不可，在小渔村写小说，挺有意思嘛！

回酒店用过午饭，本次采风活动宣告圆满结束。乘高铁回到扬州后，我依然心意难平。此次采风虽然只是走了嘉兴港区，但窥一斑可知全豹。今天的浙北嘉兴，经济腾飞、文化昌盛、政通人和，让人振奋。我更希望我们的文艺工作者能够创作出更多的讴歌时代、赞美嘉兴的优秀作品！

魅力港区

张德崇

走进位于平湖乍浦镇的嘉兴港区，我不由自主地惊叹：这里是插根扁担也能够发芽的神奇土地。

痴长的绿化树能蹿上二十多米高，挺拔的躯干，昂扬的枝叶，一棵紧挨一棵，煞是精神；那状如凤凰花的植物袅袅爬上楼房的窗外，摇曳着向人献舞；而满眼可见的植被花草，绿的青翠，红的娇艳，黄的馨香……真可谓"凤阁龙楼连霄汉，玉树琼枝作烟萝"。

作为生态环境优越的美丽港区，这里的古树名木繁多，银杏、广玉兰、金桂、银桂、圆柏、香樟、冬红山茶花、红山茶等争奇斗艳、绽放异彩、独领风骚，形成了一道亮丽的风景线。据说，位于镇东大街望湖桥畔的古银杏，已有1130多年树龄，是乍浦城区最古老的大树之一；坐落于四牌楼社区的两棵荷花玉兰，已获得"浙江省最美古树"称号；还有300多年的洛阳牡丹玉楼春，枝繁叶茂、鲜艳夺目，特别是雨后开出的粉色花朵，更显娇艳妩媚。

风景这边独好。因了千年古镇的灿烂文化，嘉兴港区才得以浸润着乍浦悠久历史与深厚文化底蕴，成为一颗镶嵌于杭州湾北岸的璀璨明珠。

　　海是乍浦特有的可以秉承和传承文明的密码。我听说乍浦古镇流传着这样一个故事。

　　在很久很久以前，九龙山内的乍浦还是汪洋泽国，山外沃野千里，海岸线在黄盘群山以外，黄盘山下古城邑人称"山阳城"，乃县治所在地，城内商贾云集，夜夜歌舞升平、空前繁荣。

　　繁荣的山阳城内，有一批官宦子弟、奸商恶棍。他们横行乡里，欺男霸女，无恶不作，害苦了穷人。一方土地实在看不过去，向玉皇大帝奏了一本，要求严惩山阳恶人，但土地年事已高，老眼昏花，奏章上漏写了一个"恶"字。奏本上去，玉帝看了龙颜大怒，于是下旨：正月初七水淹山阳城。

　　老土地接到圣旨一看，顿觉大事不好，事与愿违，但重新启奏为时已晚，赶快想办法救人要紧。土地想年关将到，家家户户必添油盐，于是化作卖油老翁，走街串巷，遇上好人便告知正月初七山阳城将被水淹没。但百姓谁也不信，直到大年三十还是无人肯信。

　　大年初三这天，化作卖油老翁的土地爷走到南城门口时，遇见一对好心的母子，为饥肠辘辘的他端上烫茶热饭一起享用。本来土地已不想再提水淹山阳城之事，但遇上好人又不能不讲。于是他告诉农户儿子："每天凌晨必须摸黑去城中观察，城隍庙门口大石狮眼睛出血时，马上背你母亲向西北方向逃难。"

农户儿子听了土地的话，一连三天早起察看，正好被一个杀猪师傅看见。杀猪师傅问清情况后，想跟农户开个玩笑。第四天早晨，杀猪师傅便端了碗猪血抹向大石狮眼睛。初七之期那天，农户看到大石狮眼睛出血，急忙回家背起老母亲向西北方向奔跑，边跑边喊：山阳城要淹了，快逃命啊！

老百姓以为农户精神失常，但朝农户身后一看，滚滚大潮正汹涌而来，大家只好扶老携幼迅速逃命。农户背着老母亲落在后头，到了陈山脚下再也跑不动了。说也奇怪，他脚步一停，看向后面，地不再下陷，潮水也不涨了。远远看去山阳城方向已成了汪洋大海，高大的黄盘山也沉入海中，仅露出几个小小的山头。

这就是沉没山阳，兴起乍浦的传说，就像盘古开天辟地一样，是古时候这里的人们对地理现象变化有趣的解释。

正因为靠海的区位优势和独特的地理环境，乍浦在历史上一直被称为东南门户。经济上，可谓杭州湾北岸重要的贸易商埠；军事上，一直是护卫江浙两省门户的海防重镇。

自南宋以来，乍浦的对外贸易始终没有中断过。据史料记载，它为世界的海上贸易发展做出了巨大的贡献。

作为海疆要地、江浙咽喉，乍浦历来是兵家必争之地。远在春秋时期，越王勾践就设重兵布防在今乍浦至独山一线，从此历史上外敌入侵的痕迹始终伴随着这片土地。

我从天妃宫炮台、南湾炮台、抗战碉堡群、葫芦城、演武场等众多遗址中，仿佛看到了历史上乍浦军民抗倭、抗英、抗日斗争与外敌厮杀的怒吼声，以及从这里涌现出的不少可歌可泣的感人故事，特别是鸦片战争时的乍浦保卫战，更是谱写了一首军民共抗外敌的壮歌，从而被写进了《中国通史》。

象征着乍浦悠久历史的名胜古迹和文化遗产，见证了古镇千百年变迁的岁月，也见证了嘉兴港区一步步走向辉煌的巨变。

如今，作为嘉兴市构建"1640"网络型大城市的六个副中心之一的嘉兴港区核心城区，近年来，乍浦镇不断加快滨海港产城统筹发展的步伐。这座曾历经兴衰沉浮、阅尽繁华沧桑的海边小镇，已然走上了由"镇"到"城"的蜕变之路，也推动着嘉兴港区站到了一个全新的起点。这也意味着这个拥有突出的区位优势、良好的港口岸线资源、优越的海河联运条件、广阔的经济腹地和深厚的历史文化的地方，真正踏上了港区发展的快车道。

我手头的资料表明，嘉兴港区正以敢打硬拼的冲锋姿态，创造着骄人的战绩。

国家一类开放口岸（乍浦）港、国家级综合保税区、国家级化工新材料园区、浙江临港现代装备·航空航天产业园、杭州湾新经济园、农业产业园……这一系列高级别头衔成了港区名片。

国家新型工业化产业示范基地、全国循环经济工作先进单位、全国智慧化工园区试点示范园区、全国优秀物流园区、中国化工园区30强、浙江省外商投资新兴产业示范基地、浙江省工业化和信息化深度融合试验区、浙江省嘉兴滨海港产城统筹发展试验区、浙江省省级示范物流园区、浙江省省级进口平台、嘉兴最具创新引导力企业（平台）……这一系列高规格荣誉成了港区亮点。

一年一个样、三年大变样、五年再造一个新港区，基本建成长三角海河联运的"最佳特色港"、服务上海港及宁波舟山港的"最佳合作港"、带动区域创新发展的"最佳产业港"和杭州湾北部"最美和谐生态新港城"，着力实现"六大类"33个经济社会发展主要指标……这一系列高质量发展思路成了港区目标。

聚力首位战略落实、聚力平台能级提升、聚力招大引强选优、聚力创新活力激发、聚力产城融合发展、聚力民生福祉提升、聚力夯实安全环保基础、聚力平安稳定大局、聚力铁军队伍建设……这一系列高效率推进举措成了港区发展速度。

当我走进三江化工、嘉化能源、嘉兴港务、蓝箭航天、滨海会展、农业产业等大型企业和园区，映入眼帘的是一派生机勃勃的景象。而让我更感到惊奇的是这么多化工企业与园区，竟然都是"无异味企业""无异味园区"。

深入访谈中，我破解了他们创造奇迹的背后，凝聚着港区人创新理念的力量：环境就是民生，青山就是美丽，蓝天就是幸福，他们以"跳起来摘桃子"的干劲，全民共治、源头控制、综合治理、重点突破，硬是打赢了蓝天保卫战。

眼下，以红船精神为引领的革命红色，以创新开放为动力的经济蓝色，以均衡富庶为标志的生活金色，以历史人文为积淀的文化青色，以秀水泱泱为基底的生态绿色，正五彩缤纷、交相辉映、璀璨夺目，把港区装饰得更美、更潮、更时尚。

我漫步于港区之间，发现"十六字"港区精神：海纳百川、和衷共济、志存高远、争创一流，也写在了人们的心里，他们的幸福感与获得感，都刻画在一张张灿烂如花的脸上了。

他们是笑着在这里生活的。

盼

邹孝贤

从小，最幸福的一件事就是盼过年，过年对我们小孩特有诱惑力，临近年末，到处散发着诱人气息。那时候，过年在我们热切的期盼中逼近，又在炊烟的袅袅中翩然而至。我们姐弟俩负责把八仙桌、长凳、橱柜、热水瓶等擦拭干净，爸爸妈妈则是将屋里屋外全部打扫一遍，连烟囱都不放过。记忆深处，一年中最有盼头的属年夜饭了，我们一家人围坐在一起，边吃边聊，有回首的温馨，有畅想的希冀。除夕晚上，孩子们最期待的就是热热闹闹的鞭炮总动员，在除旧迎新的鞭炮声中，我们描绘着过年的喜庆，鞭炮带着我们对新年的美好愿望洒向星空。

毕业后，选择了自己最期盼的职业——人民教师，跟孩子们在一起是我最幸福的时光。我深爱着教师这份工作：欣喜于孩子们的成长，陶醉于孩子们喜欢上自己的课。每个孩子即使遇到艰难险阻，也依然能够昂首微笑、挺立前行，这便是我最大的满足。我始终坚信教育不是一个结果，而是一个成长过程，它让学生的人格更加健全，让学生都能够得以成长。教育的主要任务也不仅仅在于给学生灌输知识，更在于发现和唤醒学生内心的美好渴望，于细微处入手，给教育加点温度、效度、深度，让细节成为教育珍贵的资源，在熟悉的地方发现不一样的风景，更在润物细无声中悄悄开花结果。作为一名普通的人民教师，我感到自豪，因为我们传播的不仅是专业知识和技能，更加重要的是要将中华民族的传统美德传承下去。

一晃20年过去了，自己工作生活的这个地方，也越来越有魅力。今年寒假放假第一天就接到堂妹电话，说要来乍浦玩，让我做向导。思来想去，决定带他们去海边逛逛，听说海边现在大换样，更有滨海栈道，美得让人着迷。沿着山湾渔村悠长的小巷走着，随处可见晾晒的海虾、鳗鱼干，还有那舌尖上的美食——虾饼，都让我们放慢了脚步。看着这么多海鲜，我们已达成了默契，午饭就吃海鲜大餐了。渔村的尽头就是滨海栈道，它的一侧是原生态的山林，另一侧是浩瀚的大海，是九龙山森林公园的一项景观提升工程。栈道沿途有瞭望台、观景平台等诸多景点，山和海完美融合，组成了一道最美的风景。行走在山与海之间，沐浴着阳光，听着海浪诉说，看着海景，心中一片宁静。站在栈道上，仿佛凌驾于大海之上，脚下是触不到的海水，头上是摸不到的蓝天白云。在栈道上走走停停，不忍错过每一处的风景，迎着海风，甚是舒服。在这里，无须远行，就能领略江南滨海风光；在这里，漫步行走，就能品味幽静恬然的美好生活。

百年风雨兼程，世纪沧桑巨变。今年是中国共产党成立100周年，我们喜看中国惊人变化。而嘉兴港区也正在被打造成杭州湾北岸"最美和谐生态新港城"。家乡的成长和发展，让老百姓获得了实实在在的满足感：小区内就能健身，出门便是绿道，社区图书馆陆续开放……家乡的变化，让我百感交集，但快乐、幸福从不缺席。伴随着家乡发展的脚步，我们开启了新的征程，让我们在新的征程上多一份珍惜，多一份感动，多一份进取，多一份动力。日复一日，年复一年，我们在渐行渐远的岁月里拥有了更多的智慧与精彩，对未来更是充满了无限期盼。让我们携一颗感念之心，乘风破浪，还看今朝。

拼搏！不负青春不负党

王　飞

2021年是中国共产党成立100周年，是"十四五"规划的开局之年。在这个特殊时刻，作为南湖畔、红船旁的中共党员，作为新时代的税务干部，唯有更加拼搏，才能不负青春不负党！

100年前，一批先进分子痛感社会的落后。为了从根本上改变中国，他们经过反复的比较，认定了社会主义道路，成立了中国共产党。经过一代代中共党员和中华儿女的共同努力，今天的中国与1921年相比，已发生了翻天覆地的变化，中国富强了，中国人民幸福了，我们从来没有像今天这样如此接近中华民族伟大复兴的目标。但我们不会忘记，今天的美好生活是多么来之不易。

饮水思源，忆苦思甜

今年过年，因为新冠肺炎疫情，我没有回老家和父母团聚，所以格外怀念老家的年味，在老家过年给我留下深刻印象的不仅是各种家乡美食，还有家里长辈经常进行的"忆苦思甜教育"。他们最常回忆起的，是他们小时候家里住的低矮甚至漏雨的土房、驮着一家人出门的那辆"凤凰"牌自行车、一大家子人常吃着不顶饱的稀饭，还有因病没钱治疗而早逝的爷爷……今天，我们穿上了款式新颖的服饰，吃上了各种各样的美食，在舒适的环境下生活工作……感觉得出长辈们是非常满足的，我们青年人也应该多听听他们的故事，有颗感恩的心，这是中国共产党领导我们创造的新生活！

初心不改，前赴后继

我常听妈妈提起她小时候早早辍学的故事，她是家里老大，为了弟弟妹妹能够上学，早早辍学帮家里干活；我常听爸爸说旧时老家的生活，落后闭塞、贫穷饥饿、泥泞破旧是爸爸对过去农村的印象。这些都和我所经历的不同。现在交通四通八达，中国高铁让"朝发白帝，暮至江陵"不再只是文学畅想。新农村建设、脱贫攻坚取得重大胜利。更重要的是，这些年来，家乡的山更绿了，水更清了，天更蓝了，人们的幸福感更强烈了。我知道，这些翻天覆地的变化离不开一代又一代中共党员的奋斗，他们是支教老师、基层干部等一个个平凡又伟大的奉献者，当然也有我们的税务干部，他们用自己的汗水浇灌了美丽的新中国。生活在新中国的我们，更应该为这个时代发挥自己所有的力量，与中国改革开放共奋进，为祖国繁荣富强奋勇拼搏！

不负韶华，砥砺奋进

于盛夏之时邂逅税务，从此书写属于我们的青葱"税"月。"浙"里地嘉人兴，"浙"里未来可期，我们生逢其时，赶上了一个伟大的新时代，有幸成为新时代的建设者、同行者、见证者，有幸成长在新中国改革开放富起来的征程中，有幸处在实现中华民族伟大复兴奋斗目标的决胜期。也正因如此，我们将牢记习近平总书记对新时代青年干部的要求，在学思践悟中不忘"为民服务"的初心，牢记"兴税强国"的使命，时刻保持对党的忠诚心、对人民的感恩心、对税收事业的进取心和对法纪的敬畏心。我们将接过老一辈税务人手中的接力棒，以红船精神滋养初心、担负使命，将税收情融入中国梦，不负韶华，砥砺奋进！

重读乍浦

芷　扬

　　收到来自嘉兴港区（乍浦）的采风邀约，我的反应居然是：不是上次采风过了吗？

　　我很快意识到，自己犯了错，上次是独山港，与嘉兴港（乍浦港）比邻。

　　我对嘉兴港感到陌生，实是因为一直没有弄清楚嘉兴港与乍浦的关系。作为嘉兴人，谁不知道乍浦港是孙中山曾寄予厚望的东方大港？谁不曾到过九龙山海滨浴场畅游？谁又不曾到过汤山公园参观天妃宫炮台？

　　只是，一晃多年，乍浦于我，成了熟悉的陌生人。在我的脑海中，乍浦渐渐淡成了大片的化工区，混浊的海水，灰蒙蒙天际线下模糊不清的长长海岸线……

　　此次仔细打量，才发现，我对乍浦了解太浅，误读太深。

　　重读发现之一：千年古镇，亿年沉淀。

　　乍浦的瓦山（雅山）石质，距今已有六亿年，属古生代寒武系的硅质白云质灰岩石；

乍浦的戴墓墩遗址和吕家汇遗址，距今5000多年，属新石器时代良渚文化时期母系社会向父系社会过渡阶段；

乍浦在春秋战国时属吴越相争之地，先为越国属地，汉景帝三年（前154）设乍川亭，属海盐县龙湫乡，距今2100多年；

乍浦之名起于唐，据考，公元789年已有乍浦之名，公元844年乍浦置镇，并成为海防重镇，至今已有1200多年；

而乍浦开港，则始于宋淳祐六年（1246），距今775年。

明洪武十九年（1386），汤和奉朱元璋之命巡视乍浦，后在乍浦筑城，以抵御外敌。

2001年7月，嘉兴港区成立，托管乍浦镇。

重读发现之二：人文厚重，青出于蓝。

轻拂尘埃，乍浦的过去在我面前被一页页翻开，眼前显的山、露的水让我为自己此前对乍浦的误读感到汗颜。

一方水土养一方人，乍浦，竟养育了那么多名家大咖。他们从乍浦走出去，或为官造福一方、青史留名，或成为多个领域的领军人物。

东汉清官陆绩，以"怀橘遗亲"和"廉石压舱"留下忠孝美名，后辞官回到故乡，隐居于乍浦，死后埋葬于乍浦龙湫山南。他的故居在乍浦刘家埭怀橘里。

这个位于杭州湾北岸，面积55平方公里，总人口不到十万的小镇，竟出了四位院士：邹元爔、葛昌纯、陈毓川、邹竞。

邹元爔，出生于乍浦，1947年留洋回国，成为我国冶金新工艺的开拓者；

葛昌纯，自称"地地道道的浙江平湖乍浦人"，是我国核材料专家、粉末冶金和陶瓷专家，为"两弹一星"做出重要贡献；

陈毓川，新中国地质研究专家，曾获国家科技进步奖特等奖；

邹竞，中国感光材料专家，曾获国家科技进步奖一等奖，女院士。

饮誉沪上半世纪的金石家陈巨来，以前我只知其为平湖人，却不承想他也生于乍浦，是地道乍浦人。

而让我最吃惊的，当数一代奇才李叔同，其自称"平湖后生"（曾刻有一方印章）、"当湖李成蹊"、"当湖王布衣"。我一直以来的认知是，他爱母心切，因生母是平湖人，一度弃李姓随母姓，这次却发现，他的生母王凤玲是乍浦人，1861年5月30日出生。

都说文化是青色的，文化乍浦，难道不是向海而生，青出于蓝吗？

重读发现之三：向海而生，铁血丹心。

港口重镇乍浦，骨子里就是铮铮铁汉一枚。

江南近代史的序幕，于1840年在乍浦拉开。

两次乍浦保卫战，多少乍浦好儿女顽强迎战，献出了生命！

重建后刚启用的嘉兴火车站陈列着两次中英乍浦之战的图文资料，文字这样叙述：1840年6月，英国入侵中国，第一次鸦片战争爆发。7月，英国进犯江南，首战在嘉兴平湖的乍浦要塞打响，拉开了江南近代史的序幕。1842年，中英又在乍浦进行了更大规模的交战，对中英双方和邻国日本产生了深远的影响。

天妃宫那三门锈迹斑斑的大炮，无声地诉说着那场被写进《中国通史》，也写进《嘉兴府志》的惨烈战役。

1842年5月，面对战舰炮火下登陆乍浦的两千多名英国侵略者，乍浦海防官员韦逢甲率军民坚决还击，中弹流血而亡。守军把总韩大荣身中火箭，不下战场，最后中弹力竭战死。陕甘兵千总李廷贵、守备张淮泗和三百七十多名士兵，在火器用完后，与敌人展开肉搏，全军壮烈牺牲……乍浦城内，乍浦儿女也顽强抵抗侵略军，或被杀，或为守节跳水而亡。

这场战役，战死的守军有一千五百余人，平民一千二百多人。

当然，英军也付出了巨大的死伤代价。

英国画家创作的1842年英军上校汤林森（Tomlinson）在乍浦天尊庙被击毙的铜版画即是例证。

当年参与侵略乍浦的英国军官柏纳德在日记中写下了这样的文字："凡亲眼看到中国的士兵以那种顽强的斗志和决心来保卫他们阵地的人，没有一个拒绝对中国的勇敢给予充分尊重的，迄乍浦战役为止，中国派来抵抗我们的军队，以这次最为精锐。"

英国外交部的档案中至今陈列着1842年乍浦战役的地图。

1848年，日本学者伊藤圭介等编纂出版了反映乍浦战役的诗集《乍川纪事诗》。

近百年后的1937年，当七七事变发生时，弘一法师（李叔同）正在青岛湛山寺讲律学。面对随时可能被攻陷的险情，弟子门人都劝他赶紧南下，但却被他拒绝了。弘一法师手书"殉教"横幅，书一诗明志。他对前去拜见他的大学生说，佛门忌杀生，但为抗日救国，应该不惜死。曾经见过他手书的一条横幅：念佛不忘救国，救国必须念佛。对此，他这样解读："佛者，觉也。觉了真理，乃能誓舍身命，牺牲一切，勇猛精进，救护国家。"

这位被弟子丰子恺评价为一生做事最大特点为"认真"的平湖后生，面临生死考验时，如此血性，我不由暗叹：真乍浦好男儿也。

乍浦有如此铮铮铁骨者可谓多也。不能不提的，有后来成为电影双枪老太婆原型的"双枪黄八妹"。尽管她的一生有争议，但她参与抗日是不争事实。日本人很忌惮黄八妹，抓了她的母亲。母亲为了不连累女儿，一头撞死在大牢。每每想到这儿，我不由扼腕：又一个乍浦烈性女子。

铁血丹心，书写了乍浦人的历史，也成就了乍浦勇猛精进的文化DNA。2020年8月，嘉兴市委宣传部和嘉兴市社会科学界联合会联合编纂出版的嘉兴新时代人文精神丛书《勤善和美嘉兴人》和《勇猛精进嘉兴人》，其中乍浦人的"勇猛精进"尤其闪亮。

重读发现之四：勇猛精进，再书荣光。

俗话说，谋事在人，成事在天；又说，天时地利人和。乍浦勇猛精进的文化基因，只有生逢其时，才能激发出蓬勃生命力。

清乾隆五十八年，公元1793年11月23日，九部十八套《红楼梦》从乍浦起航，历时半月，抵达日本长崎，从此走向世界，正是得益于当时清廷的对外贸易政策。

近代以来，随着政策的重大调整，加上战乱频发，乍浦元气大伤，趋于沉寂。

当改革开放的春风吹到乍浦，尤其是进入21世纪，嘉兴港区成立，嘉兴（乍浦）港柳暗花明，唱响一曲新时代的奋进之歌。

距上海洋山国际深水港53海里，距宁波北仑港74海里，嘉兴（乍浦）港已成为国家一类开放口岸，大宗货物吞吐量和集装箱业务近三年增速位列全国沿海港口首位，货物吞吐量跻身全国十强，共开通直航日本三条、越南一条，成为海峡两岸直航港口。

嘉兴（乍浦）港还成立了国家级嘉兴综合保税区、国家级化工新材料园区，并建有浙江临港现代装备·航空航天产业园和杭州湾新经济园。其中杭州湾新经济园区内拥有省级研发中心15家，市级研发中心30家，省级、市级院士工作站2家，还落户了与中科院、航天五院、中国特检院、清华大学、北京化工大学、华东理工大学等大院名校的合作载体。

2021年5月底的那个夜晚，当我们驱车穿过乍浦港大桥，看到夜幕下的嘉兴（乍浦）港灯火正浓。凌晨一点，码头还是一片繁忙。不免让人产生联想，如今的乍浦港是否离孙中山的"东方大港"更近了？

但有一点是肯定的，生活在乍浦的人，对现在的生活环境满意度越来越高。有两份数据为凭：

历时7年成功创建国家生态工业示范园区，成功入选全国首批6家"绿色化工园区"之一和第二批环境污染第三方治理园区（全省仅2家），乍浦镇作为唯一乡镇代表在全省高水平建设新时代美丽浙江推进大会做交流发言。与五年前相比，空气质量优良率从78.6%上升至91%，PM2.5浓度从44微克/立方米下降至27微克/立方米，生态环境质量满意度由最低时的55.99分提升至85.5分，交接断面水质考核保持优秀。

五年来累计建成绿化面积171万平方米、绿道26公里，新建道路11.5公里，城市人均公园绿地面积从7.18平方米提高到14.72平方米，实现翻番，一批网红打卡点也获得社会各界点赞。乍浦镇成功创建国家级园林镇、省级森林镇、市级文明镇。

文体中心、市民中心、中央公园、智汇大厦等一批庆祝建党百年地标项目拔地而起，海港新城实现"蝶变跃升"。

成为杭州湾北岸一座宜居宜业的海港新城，这是嘉兴（乍浦）港的奋斗目标。

　　在一份活动主办方提供的最新资料中，我看到主政者立下了这样的誓言：坚决打赢碧水、蓝天、净土三大保卫战。

　　显然，乍浦的明天值得期待。

是年二十

吴松良

写下这个标题，是2021年5月，是嘉兴港体制调整二十周年。二十，很自然会想到青春、活力，想到憧憬、希望，想到金色年华、多姿多彩。5月27日、28日，我来到嘉兴港区。

一

清晨五点半，我站在港区滨海大道杭州湾海景大酒店高层房间的窗前。酒店前隔着滨海大道的是一条内河，有几条货船静静地停着，河对岸，是成片的白色油罐和暗红色集装箱，再前面，是林立的吊机，伸展着长长的吊臂，仿佛在跟大海握手言欢。一条长长的传送带连接外海和内河，告诉我这里有海河联运。

俯瞰，码头像沙盘一样收入眼中，眼前的一切都是小的，行驶在街道的车辆是小的，码头上耸立的油罐是小的，远处的吊机是小的，停泊在海上的万吨货轮也是小的。

太阳即将出来，此时，天空很美，不是单调空洞无底的蓝，薄薄的白云镶嵌在上面，高高举起的吊臂停留在与云很近的空中。

码头还没有醒来，与昨天下午我站在码头看到的情形完全不同。昨天下午，当我从大巴车上下来，一脚踏上码头，我感到自己是渺小的，环视四周，长长的码头坐南朝北，东望看不到尽头，西望，码头从杭州湾跨海大桥下穿过，消失在茫茫海雾中。

有工人在指挥吊机作业，一群不懂码头规则的人突然到来，只顾自己的情绪释放，在码头上乱窜，寻找位置，找好角度，拍照……码头秩序被打乱，码头工人吹起焦急哨声，一再提醒注意安全。

在乍浦老街南司弄76号，我踩上木质楼梯，看到了从历史中走来的乍浦海运史：乍浦开港于宋理宗淳祐年间。南宋建都临安，这里为近畿之地，由此开港，初显繁荣。元朝乍浦成为国内对外贸易主要港口之一。明朝因倭患肆虐，海商凋敝，乍浦港成为死港。清康熙年间，乍浦港再度兴起，后又因战乱，港务不振。

1919年，中华民国临时大总统孙中山先生雄心勃勃，写下《建国方略》，其中有这样一段文字：嘉兴港当位于乍浦岬与澉浦岬之间，此两点相距约十五英里，就自此岬到彼建一海堤，而于乍浦一端，离山数百尺之外，开一缺口，以为港之正门。

这就是人们常说的孙中山先生所说的东方大港。

在历史的长河中航行，乍浦之前的繁荣都化为乌有，孙中山先生的"东方大港"成了泡影。

时代的航船驶向中华人民共和国，驶向新时代，乍浦港得以新生。

嘉兴港区党工委副书记不无自豪地告诉我们：嘉兴港区已发展成为公专用泊位相配套，内外贸兼营和集装箱、散杂货及液体化工品装卸功能齐全的综合性港口，货物吞吐量跻身全国十强，集装箱吞吐量位居全省第二。港区辖有独山港区、乍浦港区、海盐港区三个港区，目前码头小泊位46个，万吨级以上泊位34个，集装箱航线26条，有3条直航日本、1条直航越南，相应配有桥吊、门机、龙门吊等大型设备百余台。

站在高大的吊臂下，我感到自己的渺小；站在停泊在码头上的巨大货轮前，我感到自己渺小；把自己置于码头的中央，我感到自己更渺小。

东方大港之梦正在实现！

二

几年前，我潜心于明朝倭患史料的查询，得知乍浦之名源于唐贞元五年（789），以内河通海，船只往来，从海上驶来的商船、番舶驶进蒲山，方见浦门而得乍浦之名。

在乍浦老街还保留着一截古城墙，虽是一小截，已足够唤起我对那段历史的兴趣。乍浦古城建于明洪武十九年（1386），明《海盐县图经》记载：乍浦所，城周八里三百三十一步，高二丈，池周一千六百三丈，深八尺，阔一十丈，陆门四，水门北一，则十九年信国亲行相度所筑也。

我在一幢建于中华民国时期的四合院前停下脚步。"乍浦会馆"，让乍浦历史上那些已经消失的会馆公所在此集中显现。门前的墙上，挂满了大小不等的牌子：青果会馆、木业会馆、铜业会馆、烟纸理发公所、钱业公所、冰鲜业公所、衣工公所、药业公所、鞋靴公所、泥石竹木公所，这是行业性会馆公所，包罗那时生活的方方面面；三山会馆、闽汀会馆、潮州会馆、漳泉会馆、绍兴会馆、莆阳会馆、蛟门公所、咸宁公所、明州公所，这是地区性会馆公所。从会馆公所的地名看，以福建居多，然后广东，再是浙南。由此可知，那时的乍浦是南货北运的集散地。

当年，会馆公所的多少显示了一个地区的贸易发达程度和商业繁荣气息。乍浦一小镇汇集了27家会馆公所，不难想象出当年这座小镇的经济盛况。

乍浦会馆公所兴起于清康熙后期，随着乍浦港对日贸易及其他地区贸易的日益发展，商贾云集，商人们为维护各自的利益，纷纷以行业或同乡会形式建立会馆公所。

福州人开设的三山会馆是乍浦规模最大的会馆，占地接近九亩，收购嘉兴、松江、平湖本地的农家土布；青果会馆专营橄榄、福橘等水果；莆阳会馆俗称桂圆会馆。

繁盛一时的乍浦商贸，因战乱而陷入沉默。

如今，嘉兴港的建设，给乍浦小镇装上了腾飞的翅膀。

三

港区国家级化工新材料园区，聚集了全国甚至世界大型化工企业93家，形成了聚碳酸酯、有机硅、环氧乙烷、PTA、甲醇制烯烃等多条具有行业竞争力的产业。

车子在路上行驶，窗外的建筑有些特别，不是密集的高楼，不是水泥森林，这里组成建筑的主要元素是高高的金属塔和绕来绕去的管道。这里，随便找一家化工企业，层层叠叠的管道加起来都有上百千米。据有关人士介绍，桐昆集团嘉兴石化有限公司厂区内的管道长度就达到一百六十多千米。

化工企业，空气污染、废水排放，最让人关心好奇，也最让人担心。

在桐昆集团嘉兴石化，做介绍的是位年轻人，三十来岁，精干、思路清晰，说着山东味的普通话。他说，在港区创建"无异味企业""无异味园区"过程中，这个问题已得到较好的解决。

在一个化工企业内，让人的鼻子除正常空气之外，感觉不到异味，这是挑战，是技术挑战，是设备挑战，更是管理的挑战。年轻人说，这个事还真是比较难办，工厂一期工程投入使用已经多年，设备已经不适应当前技术要求，为此，企业将二期工程国际先进技术植入到一期工程中。虽然投入了大量的资金，但政府有50%的补贴。

企业到底有没有异味，港区把评判权交给了百姓的鼻子。2019年港区出台"民间闻臭师"活动实施方案，聘请专家、社会各界人士二百多人随时走进企业，用他们的鼻子给企业打分，如果过不了这些人的鼻子关，企业将得不到补贴。2020年港区这方面的补贴发放资金达1100万元，补贴发得愈多，说明无异味治理愈有成效。

严苛要求、强化监管、大量的资金补贴，2020年园区入选全国首批6个"绿色化工园区"之一。

三江做到，嘉兴石化做到，整个工业园区的企业都做到。

四

我曾经不止一次来过汤山公园。在汤山公园，无论是渔村渔民的小饭店，还是夏日傍晚海边的夜排档，美味的海鲜给我留下了无穷回味。

2021年5月28日上午，我再次来到汤山公园，公园的模样已经有了变化，环境变得更美了。凭栏观海，退去潮水的海滩摆出草原的样子，嫩绿的青草铺满了整个海湾，在海风中起起伏伏。有一艘船搁浅在草地上，蓝天白云下，霭红色的船底，蓝色的船帮，白色的船台，在大片青草衬托下，让我联想到那幅名为《海边》的油画作品。有人好奇地问，这是不是为了旅游做海景广告特地设置的网红打卡点。如此美妙的场景确实会让人产生人为制造的感觉。然而，这恰恰是自然的，毫无人工修饰的天然景色。

天妃宫炮台，汤山公园中的重要打卡点。

石灰、明矾、糯米、沙子组成的掩体，厚重、坚固。三门巨大的铁炮置于掩体之中，炮口对着茫茫大海。天妃宫炮台始建于清康熙年间，中间的一门铁炮为江南制造总局于光绪甲申年（1884）建造。据说这样的火炮在当时不算落后，当年，炮台厚重的墙体没有挡住外来入侵者的坚船利炮，炮台上的巨炮也没能阻止外来入侵者的闯入。而四间掩体，中间两间是被日寇飞机炸坍的。

100多年后，炮台成为供人们游览的景点，也被列为当地爱国主义教育的基地之一，这样的转变需要一种什么样的能量？我不知道用什么词合适，在转身离开炮台的瞬间，脑海中突然蹦出一个词——伟大。再过几天，就是7月1日中国共产党建党百年纪念日，我站在天妃宫炮台前思绪万千。

外婆家的幸福密码

——港区20周年有清欢

吕　丽

年过而立，随着光阴的流逝，儿时的许多记忆都已化作云烟，飘渺而去。但每当我哼起"晚风轻拂澎湖湾，白浪逐沙滩……"这首《外婆的澎湖湾》，关于外婆家的碎片就会越发清晰。

我的外婆家在嘉兴港区建利村。从小父母由于工作忙，没有时间照顾我，经常把我放在外婆家。于我而言这是一个充满爱与温暖的地方，是一个只要想起来就心安的地方。

我一直都记得每个在外婆家醒来的早晨，有外婆给我准备的热乎乎的早饭，虽然那时候吃的只是白粥咸菜。

我也一直记得每个夕阳西下的傍晚，外婆会让我跟着她赶鸡鸭归家，虽然那时候双脚全是泥。

我还一直记得每个在外婆家睡觉的寒夜，外婆给我的暖融融的热水袋，虽然那时候还是冲开水的橡胶袋。

后来外婆家发生了很多不幸的事情。舅妈七个月的双胞胎不幸胎停，舅舅便领养了一个女儿。后来舅舅在工地干活受伤，腿脚不便，不能干重活。再后来，外婆得了癌症，花了许多医药费，但不久还是离世了。外公也因得脑梗而长期卧床，我母亲含辛茹苦，常常跑去照顾。那时候舅舅去村里申请了低保户，政府每个月会给予一笔最低生活保障金。令人暖心的是嘉兴港区三江化工有限公司与贫困户结对，逢年过节，都会送去米、油等生活物资与节日慰问金，时常了解一家人的身体状况、妹妹的学习情况。舅舅总说："真的很感谢共产党对我们这些贫困户的关心，感谢港区政府、村组织的照顾，这些年多亏有他们的帮助，我们的生活才能变得好一点！"

如今，外公外婆都已作古，随着港区的变迁，外婆家的老宅也已不在。"现在去你外婆家，我怎么也不会想到居然进城了！"妈妈笑着跟我调侃道。在我心里，这简直就是天方夜谭。外婆家是实打实的低保户，入不敷出是常态，现在房价这么贵，靠舅舅攒钱是不可能那么快住进新房子的。118平方米，三室两厅两卫布局美观，原来那破旧老屋跟这里完全无法比拟。也就两三年而已，外婆家的住房来了个大翻转，从妈妈和舅舅的谈话中，我了解到这是嘉兴港区党和政府好、政策给力，让符合搬迁政策的人、有需要的人有所依、有所住。

"滴水之恩，定当涌泉相报"，妹妹努力学习，在职业高中脱颖而出，考上了大学，勤奋刻苦，年年斩获奖学金。明年大学就要毕业了，妹妹说："饮水思源，毕业后我会回到港区，努力工作，报答家乡。"

如今，长辈的发丝之间掺杂了越来越多的白色，妹妹从当初那个小不点成长为一个有志向的大学生，而我也从稚嫩的小姑娘升级为人母。现在我去外婆家，看到的已不再是农民伯伯插秧忙，已不再是泥泞不堪的小路，而是一幢幢高楼拔地而起，不少人家都已经拆迁或搬迁，大家都入住了小高层，脸上满是喜悦。港区的发展在飞一般的速度里，舅舅说："这几年港区发展速度之快超乎想象，今年的一块荒地，明年可能就是一项民生设施，你看九龙山大道东边那高大上的建筑就是我们港区的文体中心，据说在今年建党100周年之时要精彩亮相呢！"港区的发展还在不断引进新鲜资源中。上海市东方医院托管平湖第二人民医院，使当地百姓不出家门就能享受到优质的医疗服务，衡水元素与嘉兴特色的相融让更多的莘莘学子离梦想又近了一步，还有风景秀丽的九龙山、海天一色的大港湾，给港区人民带来的不仅是惬意的生活，更有丰富的旅游资源。许多化工企业、高科技企业也都选址在这里，这些产业的发展使港区绽放出更独特的光芒。

岁月如歌，港区20周年，人们的生活发生了翻天覆地的变化，这得益于嘉兴港区党和政府的正确领导和港区人民的勤劳。舅舅说："乍浦是中国百强镇，又恰逢去年文明城市创建成功，如今这里经济富裕、环境优美，上班之余去逛逛近在咫尺的商圈，吃吃山湾的海鲜，听听海边的潮声，走走美丽的滨海栈道，看看迷人的九龙山晚霞，余生继续享受港区的清欢……"

春　约

魏丽敏

　　晨起，一场大雨过后的杭州，洗净了尘土，空气里带着些许甜。初升的太阳跃过地平线，终究将晨光洒满这座城市。拖着行李，跃入还不算拥挤的地铁，穿梭在地下，赶往城市的另一头。春天的相约，总让人不忍拒绝，毕竟这些年的春日浓缩得有些厉害。

　　上一次去平湖，也是这样的春日，转眼两年有余。早早在地铁出口处等待着的许春波老师自上次初识，也有两年未见，一切恍若昨日。同一辆车，同一个人，同一个目的地……世间的奇妙又何止于此。

化 工 园 区

　　出发，迎着海的方向，迎着太阳升起的方向，迎着记忆的方向……相隔两年，这个被我自小称作姑奶奶家的地方，却不

124

再有她的身影。车下高速，划过耳畔的风里却依旧能听到她夹杂着乡音的平湖土话。因为血缘，我对这片土地有着骨子里的亲切。尤其是在进入乍浦镇上的中国化工新材料（嘉兴）园区时，桐昆集团"突兀"地出现在眼前。我笑着对同行的老师说："秒回桐乡啊！"亲切感扑面而来。安静的厂区，道路两边绿树成荫，刷新了我对工业园区的认知。

据悉，中国化工新材料（嘉兴）园区自2008年7月被中国石油和化工协会命名授牌以来，经过多年的发展，在2020年就已位列中国化工园区30强的第九位，成功创建为国家生态工业示范园区，还入选了全国首批6个"绿色化工园区"之一。身为嘉兴人的这份骄傲感因这些数据油然而生。

三江化工有限公司和桐昆集团两家企业的会议室宽敞明亮，空调的凉风带走了暮春中午的热气，大家却因专家们脱口而出的产值数据、未来规划等心跳加快，哪怕他们的话语看似轻描淡写，但眼神里的光亮却不小心泄露了真实的内心。

走进园区才知道自己的落伍，因为我的一切认知还停留在劳动密集型产业阶段，如今"亿"在各类数据里成为一个最常用的单位，但提及工作人员数量时，却是我没有预料到的"个"，甚至没有上升到"千"。他们在介绍每个工作所创造的产值时，我的手指不自觉地扳动着，哪怕它们根本不够用。

"最值得高度珍惜的，莫过于每一天的价值"，"善于利用零星时间的人，才会做出更大的成绩来"……在他们娓娓讲述那些于我而言有些陌生的内容时，我的脑海里闪现出踏进企业大门时随处可见的标语，忽然就理解了那些成绩。

乍 浦 港

海风粘住衣角久久不肯离去，阳光逗留在海水上随波逐流，在这个繁忙的码头，我们一行显得有些格格不入。面对眼前的一切，手机自觉地积极投入工作，一张张合影在这里诞生。

已经想不起何时知道"乍浦"，但记忆里的它总与海有着紧密的联系。年少时，提及去平湖走亲戚，因为晕车总是本能地拒绝。不放弃的家人便会将看海作为远行的谈判筹码，哪怕是到如今这般年岁，海对我依旧有着致命的诱惑力。地处杭州湾北岸的乍浦，依山傍海，自然也成了儿时回忆里的一部分。

乍浦自古就有"江浙门户""海口重镇"之称。追溯历史，乍浦开埠是在宋淳祐六年（1246），在清代时便是浙北地区对外经济文化交往的重要门户。到民国七年（1918），孙中山先生着手撰写《建国方略》时，在《实业计划》篇内首次提出建设"东方大港"的宏伟设想。当时的测量队还专门到乍浦进行过定点测量，只可惜因为一些历史原因，建设计划未能实施。转眼时间就到了1986年年底，浩浩荡荡的人群聚集在此，围堤工程破土动工，正式拉开乍浦港建设的序幕。

嘉兴（乍浦）港作为国家一类开放口岸，是浙北地区唯一出海口，拥有74.1公里的自然海岸线。经过多年的发展，货物吞吐量已跻身全国十强，集装箱吞吐量已跃居全省第二。穿着工装，戴着安全帽的工作人员忙碌地穿行在码头上。阳光下，那些我叫不出名字的庞然大物们在辛勤地劳作，岁月也在它们的身上留下了些许痕迹。我忍不住与它们合影，以大海为背景。在海的掩映下它们变得如此渺小，而在它们脚下的我又是何等的渺小呢。看着操作人员熟练地启动机械臂，将置于货船之上的集装箱轻松地吊起，又稳稳地落下。我忽然很好奇，在它们驻扎此地之前，这些来往的物资是如何完成转运的，脑海中不合时宜地出现了不知在何处看过的码头搬运工的黑白照片。如今，那些佝偻着背、步履艰难、表情痛苦的工人早已退出历史舞台，化作一份份岁月遗迹。身处这个时代，我确实应该深怀感激之情，现代工业的发展，让我们的生活变得简单幸福。

古　镇

住的酒店靠海，只是我的房间在另一面，倒也呈现出另一种风景。在现代工业文明的冲击里暂时回归农田瓦舍的娴静，这大概也是这座小城的魅力所在。一面是现代工业文明的开拓进取，一面却保留着"千年古镇"的恬淡婉约。

说起来乍浦古镇已有数千年历史，"乍浦"之名至今也有1230多年，源于唐贞元五年（789）。古时嘉兴境内的东流之水，皆汇于此，然后流入大海，故曰"浦"。乍浦里蒲山和外蒲山之间称为"浦门"，海上驶来的商船必须驶进蒲山，始见到"浦门"，含"乍见""浦门"之意，故得名"乍浦"。千年间，乍浦和整个江南地区一样，历经沧桑，在20世纪的最后20年才焕发出青春。

2021年年初，乍浦镇又迎来期盼已久的好消息——成功入选浙江省"千年古镇"地名文化遗产名录，从此乍浦又有了一张对外宣传的"金名片"。作为千年古镇，乍浦有着众多历史悠久的文化遗迹，至今还有不少里弄、街巷的名称沿用下来，比如笆篱坤、西河下埭、四牌楼、半爿街和老盐仓等，这些都构成了千年古镇乍浦灿烂的地名文化。也因此，到古镇一游就是此行的重要内容。

沿着石板铺就的老街慢慢前行，幼时熟悉的生活气息扑面而来，有一瞬间我竟然有些恍惚，仿佛回到了孩提时代。喊着戒烟的顾老师，在熬过了艰难的两小时后选择了放弃，摸出钱包掏出纸币为自己买上两包烟，脸上洋溢着满足。我们惊讶于他保持使用纸币的习惯，转念一想，在老街买东西也只有用纸币才算匹配吧。走在镇内，浓郁的生活气息让人忘记了城市的喧嚣。

从老街走到海边，海风将遮阳帽无情地吹起，带着浓郁的海腥气味。退潮后的滩涂上，搁浅着各种渔船，倾听着海浪的号角，随时准备随波远行。看不清是鸡还是鸭的禽类正在那里低头觅食，偶尔抬头望一下远方，不知是否在等待出海未归的主人。

沿海而居的小村，家家户户门前种着各色花卉，争奇斗艳。收拾得整齐干净的小屋，欢迎着四方游客。若有机会，真想静静地在此住上几日，去看看渔家的生活，如果由此触发自己的写作灵感，那就确实不虚此行。

也许是职业病使然，每到一地我都要了解当地历史上有哪些文化名人，而乍浦虽然没有那些大师级的人物，但早在三国时代就有一位名士陆绩（187—219），字公纪。据说他是一位神童，六岁时拜见袁术，袁术见他年幼就送给他几只橘子，他接过来不吃而是藏在怀中。袁术问他为何藏起来，他说要回家送给母亲。袁术听后认定此人必有过人才华，果然陆绩成人后博学多识，后被孙权所重用。可惜天妒其才，陆绩32岁就因病去世。

当然，乍浦历史上还有很多文化名人，诸如宋末有陆正精于学术，明代有王路著有《花史》，还有不食清粟的李天植（潜夫），以及抵抗清兵的康承爵等。也许他们并没有世人皆知的名气，但我觉得那些并不重要，只要他们热爱自己的家乡，熟悉脚下的土地，又能拿起笔来赞美、拿起武器来守护，就值得后人给予永久的纪念。也因他们，乍浦古镇变得更加富有底蕴，激励着一代代从这里走出去的年轻人。

不过，"数风流人物，还看今朝"，在我们这个伟大的时代，我相信乍浦人一定会创造出更多的辉煌。

听，起航的号角已从海边传来，清晰、悠扬！

我爱我的家乡

——嘉兴港区

张玲芳

我的家乡——乍浦，一个让我从小爱到大、让我舍不得离开的地方。

我是土生土长的乍浦人，小时候，乍浦还是一个古老的小镇，由青石板纵横东西南北四条大街，那时的大街跟现在的大马路一比，显得狭窄，但老街依旧风韵犹存，而且正以翻新的面貌展现给大家。

乍浦是个有山有海的地方，人杰地灵、风调雨顺，我一直从心里感激爷爷当初选择了乍浦这个地方安家落户。爷爷是从温州永嘉过来的，当他发现了乍浦这个好地方后，就义无反顾地回老家把所有的家眷都带出来，永久栖居在乍浦这块宝地上了。

小时候的北大街，是我童年的乐园，也是我梦想启程的地方。住在同一条街上的玩伴总是在放学后、假期里聚在先锋村生产队的大操场上，捉迷藏、摆家家、丢沙包、跳绳、斗鸡、系手绢、跳皮筋，玩着各种各样的游戏，给童年生活留下了许多美好的回忆。

那时候，我还喜欢在春天的田野里挑马兰头、挖荠菜、找蜜蜂，喜欢在夏天的雨后蹚水、观彩虹，喜欢在秋天的山上摘覆盆子、捡松果、闻花香，喜欢在冬天的院子里堆雪人、摸冰凌。我最喜欢去山上远眺大海，看鸥鸟展翅、看海浪翻滚、看轮船起锚……

从小听着松涛、海浪和鸟鸣声，吹着海风，沐浴着阳光雨露长大，爱上乍浦不是一朝一夕的事，那是一种伴随着童年的足迹渐渐深入骨髓的爱。

1985年，我初中毕业考上了浙江幼儿师范学校，做了三年新杭州人，杭州的美丽景色让人流连忘返，而乍浦的亲情也让我牵挂在心。毕业时别人都选择了城市作为自己的落脚点，我却毫不犹豫地选择了回到乍浦，志愿表上只填了一个"乍浦"。当时的乍浦还有点混沌未开的感觉，没有公园、没有繁华的大街，与城市相比，给人贫穷落后的感觉。但乍浦港已经欣欣向荣地开始发展了，我猜测乍浦的前景一定是美好的，乍浦需要人才，我回到乍浦一定能发挥好自己的作用，施展才华，为乍浦的幼教事业贡献一份绵薄之力。就这样，我把最美好的青春岁月献给了乍浦，那时还经常参加乍浦文化站的文艺演出，给相对单调的生活增添了一些美好的回忆。

随着改革开放的步子越来越大，引进外资、发展经济、开发乍浦、促进民生，乍浦镇又有了一个新的大气的名字：嘉兴港区。嘉兴港区的经济发展开始进入一个新时代，不得不赞，嘉兴港区越来越美了！

早晨，我喜欢从多凌景苑小区南门出发，走到九龙山森林公园去晨练。

　　山上有许多晨练爱好者，走山路的、跑步的、打太极拳的、打羽毛球的、骑自行车的、跳广场舞的、做保健操的，有老人、小孩、年轻人、中年人，有男人、女人，有熟人和陌生人。早晨的山上空气清新、鸟儿啾啾、阳光柔柔、风儿轻轻、白云飘飘，总能带给我无比美好的心情。

　　还有那美丽而神秘的汤山公园，我经常会拿出手机随手拍下公园美景，发在微信上与朋友们共享，朋友们的点赞和好评使我油然而生对家乡更执着的热爱之情。

　　新造的山湾沿海栈桥在春节期间成了网红桥，吸引了周边的群众纷至沓来，一睹大海的面貌，桥上人来人往，热闹非凡。

　　看着小乍浦日新月异地变化着，越变越大，越变越美，越

变越繁华，就好比我们的幼儿园在不断地发展、变化着，我的内心也由衷地欢喜。

平湖市乍浦镇中心幼儿园，这是一所现代化的漂亮的幼儿园，占地20亩，建有20个宽敞明亮的班级，设备设施先进，有多个专用教室，还有360平方米大的多功能厅户外游戏场。它是孩子们成长的乐园，孩子们在这里幸福快乐地生活、学习和游戏。

随着进一步的大开发、大建设、大发展，嘉兴港区正以更新的姿态和面貌展示着它的独特魅力，既蕴含着现代与古朴美，又彰显着宏伟与宁静美。这里的每一个地方、每一处风景都在诉说着乍浦的历史和人文。我爱我的家乡，因为这是一个让我安心工作、快乐生活的地方。我相信它的未来一定会更加有活力、有魅力！

我是嘉港人，我深爱着嘉兴港区！

我与马家荡的"三次相遇"

蒋 杰

2021年，无疑是见证历史的一年，各地各行各业都在用自己别样的方式庆祝建党百年，每个人都在回顾城市的变迁，感受生活的变化。可能与别人不同，我的脑海中不禁回忆起我与乍浦马家荡村的"三次相遇"，这是我人生路上的重要历程，也是马家荡村蝶变跃升的一个缩影。

我出生在平湖广陈，距离乍浦也不远，但在我的印象中却从未去过。我妈曾说我小时候去过一次，但可能因为年龄小不记事，所以毫无印象。在我学生时代的记忆中，乍浦这地方好像一直是个遥远的符号。

直到2014年，那时我大学毕业后工作一年，在单位遇到了一名新同事，也就是我现在的妻子阿雯。阿雯是乍浦人，我们在工作上有很多交集，没多久就成了男女朋友。2014年末的一天，我第一次去阿雯家（乍浦南大街）见她爸妈，也是记忆中第一次去乍浦。记得那天是阳光明媚的午后，我们决定驱车到乡村农场采摘草莓，这是我与马家荡的第一次相遇。穿梭在乡间农道上，可能跟很多人一样，那时马家荡村留给我的印象基本是一个纯农业村，环境、文化少有辨识度，不见旅游气息，跟很多村一样是一个普通的小村庄。

三年弹指一挥，到了2017年，我与阿雯领了证，乍浦成了我的第二个家，每个月都会来，对这个地方也越来越熟悉。一次听闻乍浦的好友说，马家荡现在大变样了。我是土生土长的农村人，有深厚的农村情结，出于好奇又抱着期待，我第二次前往马家荡。

记得那是秋高气爽的周末，一走进马家荡，映入眼帘的便是一派美丽乡村新气象。一路上，是粉墙黛瓦、栈桥木道、郊野公园，风景宜人。走过怀橘绿道，有游客在漫步赏景、静坐闲谈；走过DIY文化园，有孩子自由自在，嬉戏玩闹；走过游客中心，有游客在参观农耕展示馆……又见马家荡，我忍不住拍了不少美照，虽只有短短一下午，但这次马家荡之行却让我刮目相看。后来我才知道，原来嘉兴港区正在打造马家荡3A级景区村庄，提升基础设施，加快环境整治，挖掘本地文化，造就农村新美景。

时光往复，兜兜转转，可能是我与马家荡有不解之缘。2018年，港区以马家荡村为核心成立了万亩农业园区，组建了生态农业发展团队，开启了乡村振兴新征程。机缘巧合，我有幸成为团队中的一员。2019年初，我第三次来到了马家荡，心情跟前两次完全不同，因为我将扎根在这里，一步步学习工作成长。

这两年，我们不断追梦奔跑，追求更好的农村环境，马家荡的路更新了，水更清了，庭院更美了。令人振奋的是，通过招商引资、业态引入，民宿、餐饮、研学、文化等乡村产业逐渐铺开，马家荡的人气更旺了，旅游经济也上来了。这些改变，无不影响着当地村民的生活，而我参与其中，奉献着自己的一份力量。

这就是我与马家荡三次相遇的故事，三次之行、三次成长，贯穿了我人生不同阶段，或许是一种奇妙的缘分。春风得意，农村焕然一新，生活就像花儿处处开放，从某种意义上来说，马家荡的变化是中国乡村蜕变的一个缩影，而我就是其中的一个见证者。在建党百年的历史时刻，乡村的悄然变化，让人满怀新梦想、新起航，期待马家荡的未来拥有更多喜人变化。

乍浦五月

杨静龙

嘉兴港，也叫乍浦港。

乍浦港的名声，似乎比嘉兴港叫得更响亮，起码我是这样认为的。

从乍浦港左近过杭州湾跨海大桥，便离开嘉兴，进入浙东宁波了。再往东南驱车几十分钟，有一个小镇，叫半浦，相邻有一个地方，叫乍山，分别是两个不大不小的乡镇，合并之后改称乍浦乡。乍浦乡紧贴着古城慈城，那是慈溪县老县府所在地，至今还完整地保存着民国时期的县衙。慈溪县府搬迁后，这一片土地划给了宁波市江北区，慈城是中心城镇，就把附近一些乡镇并吞了下来，其中就包括乍浦乡。

那是我的故乡。我在半浦读小学和中学，一直到高中毕业考上大学，才离开这块滨海的土地，之后一直漂泊异乡，20世纪末辗转来到浙北湖州，再没挪动，算是定居了。

2021年5月，正值江南最美好的时节，因嘉兴作家詹政伟先生的邀请来到乍浦港，参加由嘉兴港区党工委、管委会和乍浦镇党委、政府联合举办的庆祝建党100周年暨嘉兴港区体制调整20周年中国长三角作家诗人大型创作采风活动。在活动启动仪式的发言中，我讲述了自己与"乍浦"的特殊关系。"每一次从湖州回老家，路过跨海大桥，路过乍浦港，我都会想起那段在半浦、乍山的儿时生活，在回忆中驱车匆匆而过，从来也没有下车进入过。多少次路过，就是没有涉足其中。"我说着，竟然有点激动，"甚至都没有想过进来看一看，连这样的念头都没有闪动一下。说白了，那是对故乡的一种特殊的眷恋。"

对此我十分纠结，心里说：我想不出这个乍浦比那个乍浦好，还是不好。因为世上没有一个地方是可以与家乡做比较的，好与不好，都不是我愿意看到的。

我只能避开这一点，接着说："感谢活动举办方的邀请，今天我终于走进了嘉兴（乍浦）港，相信港区一定会给我们带来新鲜而美好的文学刺激，然后写出同样新鲜优美的作品来……"

接下来的两天采风活动，虽然在港区走马看花，感觉还倒真是应了"新鲜美好"四字。

古时凡内河入海处曰"浦"。这是我从乍浦新时代文明实践中心宣传墙上获得的注解，怪不得老家会有许多以"浦"命名的地方，以前心里疑惑不求甚解，至此释然。

从实践中心的工作人员介绍中得知，乍浦之名源于唐贞元年间，嘉兴郡内东注之水，皆汇于此，然后滚滚入海，故曰"浦门"。这里也就成为内地各港汊出海之门户，远洋而来的商船番舶驶入蒲山，始见"浦门"。乍浦之名，便含有"乍见浦门"之意。

乍浦历史悠久，人文荟萃，肩挑沪杭，背负太湖，自古就有"海口重镇""东吴门户""浙西咽喉""东南雄镇"等美誉。宋淳祐六年，乍浦开港，至清代，被列为东南沿海15个开放口岸之一，成为中日贸易的唯一口岸。清乾隆五十八年，中国四大名著之一的《红楼梦》从乍浦出海，东渡日本，为日本的新文学注入了浩瀚活水。中华人民共和国成立后，乍浦港几经发展，特别是1986年乍浦新港一期工程启动，翻开了历史崭新的一页。短短30年间，由乍浦、独山、海盐三个港口组成的嘉兴（乍浦）港，成为真正的东方大港，从一个年吞吐量不到10万吨的海边渔村码头，发展到外海泊位48个、内河泊位50个，年设计通过能力8000万吨、年吞吐量超过10000万吨的现代化港口，进入全球百大集装箱港口行列。

詹政伟先生在实践中心有一个文学工作室，取名观海书院，书籍桌椅齐备，面积也挺大，是一个读书写作、文学交流聚会的好去处，因为刚刚装修好，我们参观时还有很浓的油漆味，所以也没有坐下来好好品味，就匆匆离开了。

在港区的两家公司，我们待了好久，看实景，听介绍，其中印象比较深的是三江化工有限公司。可惜他们说的一些技术和产品与老百姓的日常生活无涉，没能完全听懂，事后翻阅有关材料才弄明白。该公司成立于2003年，在港区的化工园区内，占地面积600余亩，是一家外商独资企业，2019年公司实现产值68亿元，利润总额4.5亿元，是国内规模最大的民营环氧乙烷及AEO表面活性剂生产商兼供应商。目前，三江化工已有5套环氧乙烷装置，年生产能力达到44万吨；有3套表面活性剂装置，年生产能力40万吨；在乍浦港拥有2个国内最大的乙烯储存罐，储存量均为22000立方米。公司拥有一支经验丰富的管理团队和一批高学历的专业技术人才，已取得行业领先的生产知识和技术永久特许权……一大堆的文字和数据给我的感觉就是这个企业不但生机勃勃，而且独领风骚，完全可以为其点一个赞。

一行人来到乍浦港口，已是下午四点多钟。进港的手续有点严格，据说进了这个卡口，便可以直接出海，也就意味着如果有人偷渡，只要出这个卡口就有可能，我们与外面的世界仅仅只一卡口之隔。码头上，各种型号的集装箱山一样堆放着，我们乘坐的大巴车在集装箱的群山中穿越，好一会儿才来到装卸的岸口。大家忙着听港口工作人员介绍，忙着各种拍照，我却被码头上一长排庞然大物吸引了。那些高高耸立的黑黝黝的钢铁疙瘩，不时伸出一些钢铁爪子，抓住货车上的集装箱，轻轻抓起来，又轻轻放进泊在岸边的远洋货船里。几十吨重的集装箱，轻得就像我们随手提拎起来的一件小物品，比如一只菜篮子、一本书，或者一个电脑包什么的。笨重的集装箱货车轰隆隆地开过来，停靠到黑铁疙瘩下面，开走时一身轻松，车头后面的平板拖斗的那点重量几乎可以忽略不计，而当中的时间不会超过两三分钟……那些黑铁疙瘩的学名，应该叫塔吊，横梁上写着"ZPMC上海振华"字样，右边写着"乍浦港"，左边写着"吊具下50吨""吊钩下60吨"，应该分别是它的生产厂家、现在的货主单位和承吊能力。好一个现代远洋港口！

让我流连忘返的，还是紧贴乍浦港的汤山公园。公园背靠九龙山，面朝东海，南端现存三门铸铁大炮，铁锈斑驳，黑洞洞的炮口指向混浊一片的海面。秀美宁静的滨海公园，当年却是喋血的战场。汤山炮台史称天妃宫炮台，始建于清康熙五十六年，后几经毁建，现存炮台建于清道光二十一年，即公历1841年。炮台坐北朝南，濒海垒石为基，用石灰、明矾、糯米和沙混合土建筑而成，四间一组，呈扇形排列，三门铁炮中一门是江南制造总局制造的前膛铁炮，当年可是威力巨大，声震遐迩。天妃宫炮台是现存少见的海防军事设施，对研究中国近代抗击外来侵略、军需工业和洋务运动都有重要的实证意义。

一座古炮台，显示的是乍浦悠久而悲壮的海防文化。自东晋起，乍浦镇上就有重兵驻防，宋代时驻扎水军，明清时期兵事更炽，明筑城设守御千户所和海宁卫后所，于沿海诸山要冲建山寨烽燧，设海讯陆讯处，清代驻扎绿营水师和满州水师，建起了至今保存完好的天妃宫炮台和南湾炮台。抗战时期，乍浦海防沿线更是建起碉堡群，中华人民共和国成立之后，这里的海防也没有放松，朱德、粟裕、罗瑞卿等先后来过乍浦视察海防工作。乍浦处于杭州和上海中间，战略位置始终牵动着历代中央政府的神经，一定程度上与国家安全、政权稳固和经济繁荣息息相关。明代抗倭、清代抗英、近代抗日，历代乍浦军民演绎了一幕幕不屈不挠、可歌可泣的悲壮历史，海防文化成为乍浦人独特而丰厚的精神源泉。

汤山公园左近，是一片沿岸而筑的渔村。村里的房子大多低矮，大概是为了防御每年的台风侵扰。东海多台风，年年不断，渔民造房子自然注重低矮结实。偶有几幢三层四层的楼房，都是新建不久的样子，经营着餐饮和民宿，一些人拎着行李从里面走出来，看上去像是外地游客。我和江苏泰州作家顾坚、无锡诗人黑陶边走边聊，一起买了一些当地渔民晒的小鱼干、小虾皮。头天餐桌上吃到蒸小鱼干，印象颇佳，正好弄点回家蒸了下酒。

正聊着，抬头看到了那些民宿，我说："以前我总是一个人住到那些农家乐里，谁也不认识，可以几天不和人讲一句话，闷头写自己的小说。请一星期年休假，搭上前后两个双休日，10天左右，刚好写一个小说。上半年一次，下半年一次，一年弄两个中短篇，轻松愉快……"

顾坚笑着说："这儿倒真是一个好地方，住下来，白天写东西，晚上喝酒。"

我说："什么时候我们约几个朋友，来住几天，写个小说？"

顾坚大笑道："可以啊……"

一行人闻听后，都"哈哈"笑起来，权当是一个玩笑了。事后我心想如果能成行，还真是可以写一点海边渔村的故事，若要深入写一写港区的发展和乍浦的生活，当然也是可以的，写出来的东西也不至于像今天这样浮光掠影，没有好料好货了。

小满时节访嘉兴港区

罗光辉

"夏满忙夏暑相连",这是我熟记于心的二十四节气歌中的一句,说的是夏天的六个节气。小满,是夏季的第二个节气。老祖宗颇具智慧,把农事用节气总结得恰如其分、生动好记。小满节气,夏熟作物籽粒开始灌浆,日渐饱满,但还未成熟,只是小满,不是大满。

"人生最好是小满,花未全开月未圆。"灌浆渐熟的作物,生长中的精气神,怎么看都好看,我喜欢这个节气。

庆祝建党100周年与嘉兴港区体制调整20周年之际,正是小满时节,我应邀走进了嘉兴港区。

我是在半夜时分抵达港区的,住在乍浦杭州湾海景大酒店。这儿地理位置得天独厚,站在高处,放眼望去,杭州湾的壮观尽收眼底。

嘉兴港区,地处"长三角",是嘉兴市属两大开发区之一,管理范围为乍浦镇域54平方公里,距上海洋山国际深水港53海里,距宁波北仑港74海里,是沪、杭、甬、苏地区的一个重要交通枢纽。辖区内有国家一类开放口岸嘉兴（乍浦）港、国家级嘉兴综合保税区、国家级化工新材料园区、浙江临港现代装备·航空航天产业园、杭州湾新经济园、千年古镇乍浦镇。把这么多国家级单位集存一地，堪称大气。

观看嘉兴港区宣传片，听港区领导马红观介绍基本情况，接受港区电视台采访，面对镜头，我许下了承诺："在五色的世界里，我要用心去看去体会，争取写出七彩好文章，让千年古镇更具有诗情画意！"

"太好了！期待！"记者刘燕投来了深情且充满信任的目光。

嘉兴港区坐落在乍浦古镇。乍浦，这座向海而生、背靠大山的千年古镇，尽管千百年来风云变幻，饱经沧桑，但她就像一艘永不沉没的航船，始终屹立在杭州湾畔。

乍浦港，位于长三角南麓的嘉兴市。宋淳祐六年（1246），乍浦开埠；1986年12月12日，一期围堤工程破土动工，正式拉开了乍浦港建设的序幕。现在这已成为国家一类开放口岸，为浙北地区唯一出海口，拥有自然海岸线74.1公里，拥有码头泊位46个，其中万吨级以上34个，集装箱航线26条，跻身海峡两岸直航港口行列。

站在港口的堤坝上，我们兴奋不已，塔架耸立，海桥飞架，很有不凡的气势，远方的海面上，泊着几艘大船，虽只见淡淡的影子，但委实很壮观，大概这便是距离产生的美。一架架吊机就像小满季节成熟的巨人，频频向世界致意。

这方水土养育的人民，在时代的召唤下，勇立潮头，迎风扬帆，乘风前进，用激情、才情和豪情不断书写着新的篇章。

悠悠帆影，从远古迤逦而来，向未来自信驶去……

挑着梦想出发，担着希望回家，唱着渔歌入梦，日子如诗如画。

浙江嘉化能源化工股份有限公司会议室里，诗人、作家们被一个很有特点、很耐看的人吸引住了，他就是嘉化能源工会主席王伟强。他讲园区的发展，讲园区的荣誉，讲园区翻天覆地的大变化，讲园区的过去与未来。有作家摄下了他丰富的表情，那表情很有意境。意境是啥？意境就是在空间环境里放进了艺术与生活。

乍浦寻影，行色匆匆，想多看一眼乍浦的容颜。是夜，在朋友处喝酒回来，我走进了一条大街，一看门牌是南大街，路上一座石平桥，往下看，铁管子多。

静静地站在桥上，抬头看，一轮明月高悬，仿佛宇宙的眼睛。

乙醇的怂恿，古街的吸引，意念的纷扰，我脚步有点摇晃，摇晃在蔷薇色的光阴与梦幻里，思维是发散性的。

"梦从此处飞去渡碧海蓝天散落大千世界，石自那边袖来幻痴儿呆女真情万劫不磨。"中国红学会会长冯其庸先生为"海红亭"撰写的楹联浮现在脑海。

我想起了汤和，这位明朝开国元勋，幼时与朱元璋为同乡好友，随从朱元璋南征北战。明洪武十九年（1386），汤和亲临乍浦，察看地形，征集筑城方案，乍浦百姓纷纷捐粮捐物，踊跃参与建城，齐心协力，终于筑起了一座南邻杭州湾、北有护城河的四四方方的城。夜幕中，汤和雕像英姿威武，仿佛仍在挥师万千，护海筑城。

我还在想，短短20年，嘉兴港区为什么能华丽蜕变，惊艳世界？

霓虹灯闪烁处，有一条小巷，伸向远方，仿佛通向宋朝，通向明朝，通向新征途。

"刺啦、刺啦"，一种声音在小街的上空飘荡，几个年轻人在那儿喝啤酒，吃夜宵。

我清醒地离开了南大街。

汤山公园内广场上的一座雕像，渔家女在打点捕鱼的收获。

我难忘她那满怀深情、灼眼照人的风采，竹篓的鱼蟹躺在博大宽阔的海的怀抱里。

真想从诗人眼中搬来一抹阳光，轻轻涂上渔家女的脸颊。风，吹动她的心，水珠，明媚着她的青春。我试着用她的智慧，将山湾渔村的美一层层推开，我看到了千古不衰的神奇魅力。

眺望浙北最后一个渔村。村上的房子，青、白、红相间，被岁月托在那里，一托就不知今夕是何年。虽然参差不齐，可它的好看写在那错落有致的斑驳里。

在海边行走，见到一个我非常熟悉的场景：天妃宫。宫前，有船只、渔网，这不是我刚入伍时部队附近的场景吗？定神看，这里是乍浦，庙宇前挂着灯笼，有一对联：湄洲传胜迹，妈祖保平安。我知道，渔民喜供奉妈祖，求天拜地，保佑渔民，海中吉祥，财源滚滚，寄托愿望，源远流长。

几位渔民在那儿忙活，我见到他们像见到亲戚似的，他们的祖先来自福建。我在福建海防线上站岗放哨，生活工作了十八个春秋，闽南是我第二故乡，"老乡见老乡，两眼泪汪汪"。我递给他们香烟，他们乐意和我聊，从天妃宫到大海，从八旗水师到庙里有龙有凤的石碑，从天妃宫书院到天妃宫炮台，从乍浦古镇到嘉兴港区。我们聊了很多很多……

嘉兴港区体制调整20年，发展之快，变化之大，令人惊喜，令人感叹。乍浦古镇可圈可点的文化因子，于嘉兴港区是福报，于走进港区的外地人是大开眼界的福分。乍浦采风，不虚此行。

愿嘉兴港区发展如节气，步步皆自然，小满……

一百年，正青春

欧阳春红

从1921年到2021年，100年波澜壮阔的历史进程中，中国共产党紧紧依靠人民，跨过一道又一道沟坎，取得一个又一个胜利。一路走来，中国共产党初心未变、使命在肩，始终坚持为中国人民谋幸福、为中华民族谋复兴。特别是党的十九大以来，发生在嘉兴港区的巨大变化，让作为普通老百姓的我，不禁感慨万千。

13年前刚来嘉兴港区时，印象最深的是从乍浦坐公交车去平湖，要经过乍王公路，那时的路面不宽，两辆车会车时要减速慢行才能通过，而且路面高低不平，每次车子开过，都会扬起厚厚的灰尘。而今，何止是乍王公路，整个港区的所有路面都进行了整修和加宽。道路两旁的绿化，每个季节都各有千秋。以往逼仄狭长的道路，已酝酿着一飞冲天的态势。

茶余饭后，我也喜欢叫上家里的老老小小散散步。如今，我们一家人有了休闲散步的好去处——绿道。绿道依河而建，正值春意盎然的上午，小河最惬意的时候，时时刮来一阵风，你放眼望去，那滚滚的河面上泛起鱼鳞般的波纹，在太阳的照耀下，波光粼粼。河面上有红蜻蜓轻盈掠过，悠悠地盘旋，或高或低，或远或近，欢欣雀跃。每到傍晚，河面的水波，映着微弱的星光，闪闪发亮，绿道也逐渐热闹起来。时不时听到三五人在议论："现在这水可真美，在这走走蛮享受的。""现在的政府真是好呀，为老百姓办多少好事、实事。"去年入秋以来，让老百姓称赞不绝的，还有九龙山森林公园滨海栈道。栈道依山傍海、蜿蜒盘旋，大概有一米多宽，一路蜿蜒通向远方，宛如一条素雅的飘带，弯曲地绕着海岸；又更像是通向幽处的曲径，穿梭在礁石、树丛中。栈道离海很近，一边漫步一边可近距离地观赏波涛汹涌的大海。要是在晴朗的午后，伴着美丽的晚霞，好一番"此景只应天上有，人间能得几回观"，美不胜收！

俗话说："人食五谷，孰能无疾。"作为一名医务人员，最切身体会的还是近几年来的医疗改革给广大百姓带来的福利。十九大提出"实施健康中国战略"，强调要深化医药卫生体制改革，全面建立中国特色基本医疗卫生制度、医疗保障制度和优质高效的医疗卫生服务体系。港区医院逐步开展的同质化管理、消毒供应中心的整合，通过制度培训、条线对接、交流讨论等途径，重点解决难点问题。医共体干部职工"心往一处使想，劲往一处使"，为群众提供安全、有效、方便、价廉的医疗服务，保障人民身体健康。

庚子鼠年，新冠肺炎疫情暴发，共产党领导全民抗疫是新时代中国特色社会主义建设进程中一场突如其来的遭遇战。疫情发生后，党中央高瞻远瞩，科学决策，沉着应对，积极部署，带领全国人民迅速发起了一场疫情防控阻击战。新型冠状病毒来势汹汹，牵动着每个人的心。嘉兴港区各行各业党员干部发挥先锋模范作用，疫情不退，防守不退，带领辖区人民众志成城抗击新冠肺炎疫情，使港区得以维持一片"净土"，保持零感染。

百年恰是风华正茂！从红船精神到延安精神，从铁人精神到今天的抗疫精神，一脉相承，一以贯之。习近平总书记多次强调的"人民至上、生命至上"，正是中国共产党人全心全意为人民服务的宗旨在重大疾病灾难面前最集中的彰显和弘扬。"嘉兴红船"变为中国巨轮，承载14亿中国人民驶向更加美好的未来，展现她意气风发的青春色彩！

勇敢的心

段运飞

"中国总是被他们最勇敢的人保护得很好。"——基辛格《论中国》

去年疫情期间第一次看到这句话，被这句话深深触动，我不由得去了解了祖国背后的那些人和事。

一、勇敢是敢为人先

1921年7月的中国时局动荡，民族危亡，内有反动军阀暴动，外有强敌虎视眈眈，烽烟战火随处可见。然而，就在这么一个动荡不安的环境下，13个来自全国各地的共产主义代表冒着生命危险，为中华民族的未来筹划。谁也没有想到，在那艘不起眼的破旧小船里，一个新的政党成立了。在毛泽东等人的努力下，中国共产党实现了一个又一个突破，创造了一个又一个奇迹。党深谙"艰难困苦，玉汝于成"的道理，从不气馁，从不放弃。从湖北省汉口的"八七会议"到贵州遵义的"遵义会议",从党的十一届三中全会到中共十九大,党始终带着不忘初心、敢为人先的精神不断挑战,锐意创新,开辟了独具中国特色的社会主义。

二、勇敢是牺牲奉献

"请转告毛泽东同志,你们要反对核武器,自己就应该先拥有核武器。"这是法国科学院院长、诺贝尔奖获得者约里奥·居里的原话。当时的国际形势,对中国并不友好,甚至有人以核讹诈威胁我们,形势异常严峻。为了自立于世界民族之林,我们被迫下决心解决原子弹的有无问题。于是有这样一群人站了出来,为祖国能够在世界上挺直腰杆而奉献自己的青春,乃至生命。核试验基地远在新疆罗布泊,那里驻扎着百万大军和科研人员,这里水比石油还要珍贵!冬天最低气温达零下30摄氏度,而夏天地面温度有50多摄氏度。那时国家经济困难,粮食供应也是一个大问题,但我们的科研人员没有被打倒,他们在这艰苦的环境中干得热火朝天,直到第一颗原子弹爆炸成功的那一刻!在原子弹的研发时期,有太多太多的科研工作者,离开家,离开爱人,离开父母和孩子,隐姓埋名几十年,正是有他们的牺牲奉献,才有祖国繁荣昌盛的今天。

三、勇敢是舍己为人

2020年1月，正值春节期间，本该是家人团聚、欢快喜庆的节日，却被一场突如其来的疫情所打破。看着持续攀升的确诊数字，每个人都心急如焚。危难关头，勇敢的人又一次冲在了前面。钟南山院士再次临危受命，出任国家卫健委高级别专家组组长。在新冠肺炎疫情面前，他建议大家："没什么特殊情况，不要去武汉。"但他自己却在18日傍晚，乘坐高铁冲往武汉防疫第一线！因为有广大医护人员的负重前行，危城必将不危！选择了这一身白衣，他们就已经毅然选择了不一样的方向。他们积极请战，一张张给上级的"请战书"、一条条与亲人的宽慰信息、一颗颗救死扶伤滚烫的心，"白衣天使"们逆向而行的身影让无数人泪目，他们用医者仁心为公众安全"守岁"！

四、勇敢是卫国戍边

2021年2月19日，《解放军报》通过文章首次披露了有关加勒万河谷冲突的细节，随后央视军事也通过现场视频，让我们了解了当时的惊心动魄。面对全副武装、恶意来犯的印军，团长没有退缩，身先士卒站在最前面，用血肉之躯守土卫疆，身后的战士们也没有退缩，用生命诠释军人的勇敢和忠诚。在这场冲突中，四位战士献出了他们年轻的生命。"黄昏将至，我吃着白米饭，喝着快乐水，想不通为什么这些身强体壮的士兵，为什么会死，我在深夜惊醒，突然想起，他们是为我而死。"这是一位网友的评论，也是最触动我的评论，作为一名有过从军经历的人，我能深刻地体会到军人生离死别之痛，我更明白正是因为他们的牺牲奉献，我们才能享受这盛世的和平。

建党百年，是辉煌的百年，也是饱经沧桑、艰苦卓绝的百年。回顾历史，每个时代都有无数的英雄，为我们的国、我们的家，抛头颅洒热血。为什么战旗美如画？英雄的鲜血染红了它。为什么大地春常在？英雄的生命开满鲜花。在此献上最崇高的敬意，致敬一路走来的每一位勇敢的人！

在海边，有关你的多重想象

李　云

　　水，在没成为海水之前，它在哪里呢，是什么颜色呢——这突如其来的问题，打湿了坐在礁石上的女孩的裙边，也打湿了我的心事。她坐在那里，成为海水的背景，波涛起伏的海水里又有多少个女孩坐着呢？站在岸上的我，看看女孩，看看海水，浅浅地笑了。

　　前面的礁石上，坐着一个低头玩手机的男人。显然他们是一起的。女孩显然也很在乎这次出行，将长发在后脑勺上绾了一个小揪揪，身上穿的是一件淡蓝色的格子花样的改良旗袍，布料一定还是棉布。女孩很年轻，有点微胖，脸如满月，满满的胶原蛋白，所以，棉布布料更适合她。如果是一件闪着波光的丝绸面料，无疑会呛到海水的。女孩因此获得了一种超凡脱俗的朴素美。美掉在海水里，激荡起来的那丝涟漪，也是温柔的、朴素的，像一朵雏菊豁然从海水里盛开。

　　女孩是海水的背景，谁是女孩的背景呢？

　　我，也许还有你，还有背后的海鲜渔湾村，以及那座不是很高的九龙山。山不在高，有仙则灵；水不在深，有龙则灵。我们此时都或坐或站在九龙山的山麓上，因为感动于女孩朴素的美丽而沉默着，只想与坐在礁石上的女孩一起遥想起一些事情，有关爱情的，或者其他。女孩穿着肉色丝袜的双腿长长地搁在礁石上，像她的脸部表情一样端庄。海风轻拂，吹过海面，吹到女孩的耳边、胸襟上，女孩的眼睛就轻轻地眯了起来。之后，她又微微地抬起胸脯，朝前看去，眼神从玩着手机的男人的后脑勺上走过，短暂地抚摸一下，投向了远处，去向了那一望无际的海域里。我们也看向远方，紧握住辽阔的手。远方有什么呢，眼神穿过熟悉的你的发走向辽阔，一种释怀竟油然而生——远方啊，就在眼前。

于是，女孩的眼神又温柔地落在玩着手机的男人的后脑勺上，只是，男人并不知情，继续玩手机，甚至，他好像还被手机里的东西吸引着发出了"扑哧"一声笑，笑得那么肆意和无辜。他呵，就是一个居家过日子的普通男人哈，情商不是很在线，他对女孩眼里含嗔的眼神并不知情。他一定还觉得自己很好，利用休息时间，从桐昆厂里走出来，陪女孩来到海边晒太阳。雨季还没有来，阳光还算烈，海风又是那么咸，他在跟她完成这一次的约定——"看海"。

也许，是"听海"——听海笑的声音，听海风带来的故乡的声音。

从而总结出，我们啊，总喜欢以浪漫这一词汇来表达语言或肢体行为上的有情有义。好比说，在五月的艳阳天里，有一个人陪你来看海，足矣！

这片海，在嘉兴。嘉兴靠近江苏南端，又临近上海，从而一条腿站在东海，一条腿站在钱塘江里。这里曾经只是一个小镇，叫乍浦镇，现已独立为嘉兴港区。海边礁石上坐着的女孩和玩着手机的男人，并不是从遥远的地方特意赶来看海的。他们在这里工作并生活着，虽然不是土生土长的嘉兴人，但已跟嘉兴、跟这片海有了千丝万缕的关系。他们只是在工作之余来看看海，享受海带给心灵的抚慰和震颤。每个人心中都有一片海哈！其实，我一直在猜想，女孩是怎么走到礁石上的？我站在九龙山栈道上，栈道是从海水里升起来的，如果是雨季，海水上涨，水位升高，可能会高到水文站，可能会淹没栈道。我站在栈道上，就像站在海里，以及女孩身旁那几只被搁浅的船只，也会受到水的拥抱和邀请，再次踏上航行，从而远航。

　　被搁浅的船，有渔船，像一片树叶两头尖尖，有点孤独，有点落寞，还有点不甘；也有大的蓝色机帆船，它会鸣笛，启动时会发出"突突突"的声音。男人出海，女人站在船头挥舞着小红旗指挥航道。一对在船上生存的夫妻，跟开大卡车奔跑在高速上的夫妻一样，都拥有一颗漂泊的心。每一次的出发和回归，都是一次家庭收入的赚取。无论在船上还是在车上，这两个女人，都具备结实的体质，比一般女人胖点，臀部和胸部会异常丰满——因为只有这样的"结实"，才能让身旁伴随着远行的男人踏实啊，这是一种微妙的感觉，女人不那么单薄的身子会增添很多安全感。就像咱们说的，劳动人民最美！咱劳动人民越结实越好！

　　浅滩上长出了些绿草，只有那么一片，映衬着海水，照耀着青山。一只白鹭飞起，用它纤细的爪子，为自己踩出了一条条小路，时而低飞，时而漫游在草地间，白得发光、白得耀眼、白得无限美好。身后，渔湾的农舍一间连着一间，门口种满了月季花、绣球花，以及肉嘟嘟的"多肉"。这又恰巧是月季花、绣球花盛开的季节，粉墙黛瓦的房屋，愣是被这些鲜花装扮得鲜艳多情起来，像一位少妇那般美艳了。一只田园犬匍匐在井口边的那圈麻绳上，大眼睛看着你，有着警惕又像在表示友好。动物的眼睛是最真诚的，说着世界上最动人的语言，一对视心就会柔软。海水在耳边歌唱，鱼腥味浓浓淡淡，在海风的轻抚下，我的心口突然一阵温柔，便将眼睛闭上了一会儿。这一会儿，我想听一下海水的声音，我想跟嘉兴港这块地方更亲近一点，说"坏"一点，我还想听听背后那对渔民夫妻在说着什么悄悄话儿！

嘉兴对于盛泽人来说，太近了。毗邻而居，我们几乎可以随意选一个时间去嘉兴吃晚饭。不知道为什么，嘉兴的餐饮业一直很兴旺，很诱惑人。嘉兴，怎么说呢，给人的感觉是淡淡的，没有大红大紫，但也绝不能忽视，她的存在就是文章里的一个关键词，生动、重要、不离不弃，无法热恋，但也不会冷淡。这倒是最好的一种关系，平和、持久。

我们来到嘉兴港，其实是来书写她的。她站在这里，任我们打量：集装箱码头、新时代文明实践中心、乍浦古镇、田间自然学校、桐昆集团·嘉兴石化有限公司、三江化工有限公司、航空航天产业园等，都在耐心地等待着我们的阅读。然而，可爱的嘉兴人啊，是那么务实，务实到介绍的说辞都那么简单。

一圈走下来，我们仍然睁着懵懂的双目。事实证明，这是对的，咱嘉兴港区可是脚踏实地在海边长大的"孩子"，我们已然成熟、丰满，一言一行自带光环，已有自身的传奇：你看，码头上来来去去的集装箱，那翻滚的海水里，都是一大串无言的数据。这个港口可是由乍浦、独山、海盐三个港区组成的。2020年，嘉兴港进入全球百大集装箱港口，位列第91位，并迈入"亿吨"大港行列，成为年吞吐量超10000万吨的现代化港口。

诗人马叙老师，在码头上一站，就吟咏出动人的诗歌《在集装箱码头》：

适合午后阅读的巨著

神秘主义写作，非集装箱莫属

解读一直经典，机械：

——里面是什么？

它们从哪里来，它们到哪里去？

货物与货物亲密无间。

没有解答

只有运输

上升，平移，下降，叠放。

龙门吊矗立，十年不变，二十年不变

当然基本不变的

还有操作手

——我们聆听着，这浸淫了汗水的诗歌，从集装箱到货物，到装货物的人、货物的本身，以及如何被吊起，如何被装上车，又是谁来吊起和装上车的，都在进行一场冗长的表述和追问。我们站在码头上，在深蓝色的龙门吊前，显得渺小又虚无。钢铁的气息如海水汹涌，一起汹涌的还有陌生的味道，那来自远方的气息，迷人又充满新奇的虚无，但又是掷地有声的。就像海水被掬起又砸到地上，枣红色的集装箱啊被吊了起来，又被置放下来，像一个个巨大的盒子，轻轻一拖、一提就从这里出发了。我们站在码头上的身体，顿感也被拎了起来，海水在身上涌过来涌过去，就要被带走了。

嘉兴有港口是我没有想到的，地理知识的缺乏导致我对"邻居"的家底表现出的无知，真叫人深感不安。虽然来看你的人都住在长三角一带，而我离你却是最近的。我已决定，抽空就来，像那个女孩一样，选一件质朴的裙子，发丝随意一扎，来到海边站一站。如果你愿意来，我们还可以择一处渔民家，吃几款鲜美的海鲜，喝两扎啤酒。就那么悠闲地默默地坐着，跟身后的青龙山一样，成为海边的守候者，用心互道着珍重。眼睛如深海，湿润又自带光亮。

因为有港口，街上的货车就会多，道路繁忙又拥挤，工业城市的风比海水的味道还要浓烈。这个城市感觉是深蓝色的。我们也深深地被这道深蓝色吸引，驾车经过乍浦港大桥，竟发现连索塔主墩都是深蓝色的。这股文明的工业风像海水一样激荡着，激荡在每一个清晨、黄昏里，激荡在每一条街道、每一个肩膀上，激荡在每一次的回眸中，激荡在每一个生活的日常细节里——嘉兴人的纯朴和硬朗，原来都是从汗水里锻造出来的。当海水变成汗水味，它就让这座城市更加具备书写的价值和意义。它让我们看见热火朝天，以及工业时代字典里站着的一个劳动者：他裸露的胸口滚动着大颗大颗的汗水，结实的肌肉鼓动着春天的船帆。

而那抹深蓝色，便是嘉兴港区体制调整后二十年的成长带给我的回忆，以及那片等着雨季到来的海，还有那个坐在海边的女孩。女孩可以是你，是她，也可以是我们自己。

当沾了海水的裙子变成永恒的深蓝色，它是如此珍重地紧贴在我们的身心上。

乍浦印象

张玮玲

参加笔会那天，我自己开了车子，从上海金山出发，来到千年古镇乍浦。

来之前，我知道乍浦自古就有"江浙门户""海口重镇"之称，这样的地方历来也是兵家必争之地。想象中的乍浦不外乎类似于乌镇、枫泾等江南古镇的格局，人杰地灵，诗情画意，小桥流水人家，然而现实很快就刷新了我的认知。虽说是古镇，这里却也是经济腾飞中的嘉兴港区。

从詹主席口中，我总算理清了平湖、乍浦、嘉兴港区之间的关系。早先，这一带属于平湖市的乍浦镇，2001年，嘉兴将乍浦港改为嘉兴港，将乍浦及附近开发区改为了嘉兴港区，使乍浦城市能级提升，由嘉兴市直接管辖。其实，"港区"二字一看就很有含金量，通常港口城市都具有高产能，能带动城市经济快速发展，港区的建设发展也能带动周边房价的上涨。

笔会报到时遇见不少新老朋友，江浙沪三地的作家济济一堂，寒暄时就问你过来花了多少时间。当时说得有点保守，说来时走的常道，没上高速，将近一个小时吧。第二天回沪时，导航切换了一条路，结果只花了三刻钟，而且都是大路，开起来也很顺畅。

翻了翻嘉兴港区的宣传册页，做得简洁大气。册页上面说，港区地处长江经济带的龙头区域，背靠上海，南濒杭州湾，东距上海95公里，西离杭州110公里，北至苏州115公里，南至宁波120公里，是"长三角"沪、杭、苏、甬地区的重要交通枢纽，并与上述城市形成了"一小时经济圈"。

"一小时经济圈"，确实说得恰如其分，我从嘉兴港区开到上海金山的区政府，还用不了一个小时。区域内有多条高速公路快速连接嘉兴和长三角经济圈，而港区到浦东、萧山等四大国际机场，最多也不过一个半小时。如果坐高铁的话，25分钟车程，两个方向，既可以到上海，也可以到杭州。抛开陆路四通八达的优势，嘉兴港与内河航运网更是构成了海河联运。

嘉兴港区不大，但辖区内有国家一类开放口岸嘉兴（乍浦）港，有国家级综合保税区，有国家级化工新材料园区，有临港现代装备·航空航天产业园，当然，还有千年古镇乍浦镇。

如今的古镇更应该被称为海港新城。看到介绍上说是"宜业宜居"，我且走且看，是否真是如此。

港区的既定目标非常响亮，是"一年一个样，三年大变样，五年再造一个新港区"，既然敢这么说，自然便有她的底气，不得不让人佩服港区发展节奏之快，步子迈得很大。

2020年，由于疫情的关系，各地的经济社会发展都受到了严峻考验，说"企业活着就是胜利"也不为过。而看嘉兴港区的一组数据：2020年地区生产总值GDP达到182亿元，规模以上工业总产值实现718亿元；一般公共预算收入首次突破20亿元大关，达到20.3亿元；城镇居民人均可支配收入66105元，农村居民人均可支配收入40146元，均创历史新高；固定资产投资、工业投资等7项主要经济指标增速居全市第一。令人赞叹的是，港区以占全市1.27%的土地面积，贡献了7%的工业总产值、5.8%的工业增加值、9.4%的利润总额和8.6%的利税总额。

这一连串很可观的数据，将港区定义为"宜业"，应该没有什么异议了。那么"宜居"呢？

作为全省16个重点园区之一，嘉兴港区以化工新材料、硅产业等为产业主动，园区内化工业众多，废气成分复杂。听说以前园区异味问题时有发生，附近居民投诉不断。为了改善民生，提高人民群众的幸福指数，嘉兴港区在全面"体检"之后，科学谋划、对症下药，提出创建"两无一化"园区的概念，在全国率先提出了创建"无异味企业"，称得上是敢为人先，有担当。

但说来简单，做起来哪有那么简单。我想，这也可能是"理想很丰满，现实很骨感"吧。正好我们参观路线中有三江化工等企业，我心中带着这样的疑问，走进企业后，像一名"民间闻臭师"一样，也试着一路细细地闻过去。果然，厂区里像介绍的那样，没闻到什么难闻的异味。会议室里，听企业负责人滔滔不绝地说了很多，其实都不如闻不到异味更让我点赞。

嘉兴港区牢记"环境就是民生、青山就是美丽、蓝天也是幸福"的理念，创新实施"无异味企业""无异味园区""园区景区化"创建工作。为打造"无异味企业"，港区管委会书记亲自挂帅，与43家创建企业法人代表、实际控制人全部签订目标责任书；为减轻企业负担，还为企业邀请专家，实施保姆式服务，又聘请中国台湾专家简弘民在港区成立治气工作室，每月至少1天到港区开展治气服务。目前，43家企业已经全部通过验收。为了"无异味"，港区也很舍得花钱，建立了财政激励机制，为企业设立了财政补助，仅2020年就下发了补助资金一千多万元。当然，除了想办法治理，还邀请百姓来监督，企业有没有异味，先过百姓关。他们的"民间闻臭师"不是一个两个，而是建立随机暗访制度，选聘了来自机关、"两代表一委员"、教育系统、环保组织、专业人士、园区职工等近300人。功夫不负有心人，港区的高度重视与付出没有白费，这一环扣一环的治理下来，还是卓有成效的。

在改善民生福祉、提升城市品质上，嘉兴港区同样不遗余力，一般公共预算支出的八成用于民生改善。五年来，城市人均公园绿地面积翻了一番，从7.18平方米提高到14.72平方米，乍浦镇也成功创建成国家级园林镇、省级森林镇等。

面朝大海，春暖花开。这样的滨海新城，能不宜居吗？在这宜业宜居的好地方短短两日，步履匆匆，并未尽兴，我想，这里除了宜业、宜居，还宜游，改天我还要带着家人一起来吃个海鲜，到网红打卡点打个卡。

宜业、宜居、宜游。古镇新貌，生机勃勃。

走进"东方大港"

沈文泉

  辛丑初夏,在中国共产党即将迎来百年华诞之际,我应文友詹政伟先生之邀,到平湖乍浦镇参加了一次特殊的采风活动——由嘉兴港区党工委、管委会主办的"庆祝建党100周年,嘉兴港区体制调整20周年——中国长三角作家诗人大型创作采风活动",第一次有机会走进这座离我们湖州最近的海港,领略这座东方大港的独特魅力。

  我与詹政伟相识于2004年10月浙江省作协举办的"青年作家培训班",那时候他是班长,我是学习委员,一起在省委党校学习了十几天时间。后来,他兼任嘉兴市作协副主席、平湖市作协主席,我也成了湖州市作协副主席兼秘书长、湖州文学院院长,于是,他时常邀请我到平湖参加他举办的文学活动,我也邀请他到湖州参加我举办的文学活动,往来频繁,堪称密友。

  由于与詹政伟的关系,加上平湖还有我的一个学生,前几年,我的干儿子又进了乍浦镇上的浙能嘉华发电有限公司工作,所以多次到过乍浦，游览九龙山景区，参观天妃宫古炮台，眺望黄河般的大海，但一直没有机会进入嘉兴港区，以至于我每次驾车往来杭州湾跨海大桥时，都以为大桥北堍东部的这片港区是海盐县的什么地方。

嘉兴港区对我来说，无疑是神秘的。

这次采风活动，为我揭开了嘉兴港区的神秘面纱，让我有机会走进这个东方大港，零距离地观察她、接触她，比较深入地了解她。

虽然与近在咫尺的上海洋山港和宁波舟山港相比，嘉兴港的体量要小得多，但他们仍然自豪地称自己为"东方大港"，因为有孙中山先生为他们撑腰。一百多年前，这位中国民主革命的先驱者在他的著作《建国方略》中，为乍浦擘画了建设东方大港的宏伟蓝图。

孙中山先生之所以选择在乍浦建设东方大港，自然是建立在他对乍浦的考察研究和独具慧眼的认识上的。

乍浦原名乍川，唐代贞元后改称"乍浦"，因为"浦"字指的是内河通海之处。乍浦的地理位置十分优越，她地处长江三角洲的南端、杭州湾北岸，面向东海，又得九龙山拱卫屏护，水深十余米，可泊万吨巨轮，是中国经济最发达富庶的江南最便捷的出海口，因此自古便是优良海港和海防重镇，有"浙西咽喉""东南雄镇"之称，历代都有重兵驻防。山上至今还有天妃宫炮台和三门大清铁炮，还有抗战时期修筑的碉堡，它们见证了中华民族抗英、抗日的历史。

乍浦港自南宋淳祐六年（1246）开港以来，已有775年的历史了。元代以后，乍浦又成为闽浙和两广地区北运物资的集散之地，尤其是清朝康熙五十四年（1715）开辟了对日本的贸易后，乍浦迎来了商贾云集、会馆林立的黄金期，鼎盛时曾有三山会馆、闽汀会馆和潮州会馆等27所会馆。参观镇上南司弄76号民国建筑的乍浦会馆，就能了解乍浦港辉煌的历史。鸦片战争以后，紧邻乍浦的上海被辟为通商口岸，乍浦港的地位才开始旁落。后经道光二十二年（1842）英军入侵、咸丰十一年（1861）"洪杨之乱"，乍浦港一落千丈，这座东南雄镇雄风不再了。

正是因为有过辉煌的历史，又有着得天独厚的地理位置和港口资源优势，孙中山先生才会在1919年规划北方（渤海湾青河、滦河间）、东方、南方（珠江口）三大港口的时候，将东方大港选定在"乍浦、澉浦间"。然而，由于种种原因，重建乍浦港的宏伟工程是改革开放以后的1986年才正式启动的，晚了67年。经过1987—1992年、1997—2003年和2003—2006年三期工程建设，先后建成了集装箱、散杂货和液体化工等各类码头泊位64个，其中万吨级以上泊位34个，乍浦港初步展露出了东方大港的雄姿。2014年，国务院正式批复乍浦港口岸更名为"嘉兴港口岸"，并扩大开放。2019年，在孙中山先生规划东方大港整整100年后，嘉兴港正式跻身"亿吨"港口之列，终于实现了伟人东方大港的梦想。

偌大的嘉兴港区，安排我们参观采风的时间却只有两个多小时，真正的走马观花。观光车驶进嘉兴港的中国化工新材料（嘉兴）园区，若不是纵横交错的立体管网和林立的罐塔提醒，我们真以为进入了一个大花园。整个园区道路和建筑整洁明亮，道路两旁和厂区所有的空隙之地，都被绿化美化了，各式艳丽的花朵在海风的吹拂下轻轻摇曳，很像打扮得花枝招展的小姑娘，在道路两边欢迎我们。园区的空气中虽然还隐隐地飘着淡淡的化工气味，但已经没有了传统化工厂那种刺鼻辣眼的浓烈味道了，基本上实现了"建设无异味园区"的目标。仅浙江桐昆一家企业，在无异味厂区建设方面的投入就高达6000万元。

参观园区内的三江·嘉化和浙江桐昆两家化工企业，我印象最深刻的是绿色和高效。传统化工企业给人的印象是污染重、能耗大，但嘉兴港区在建设中国化工新材料（嘉兴）园区时坚持习近平总书记"绿水青山就是金山银山"的理念，走绿色节能的发展道路，将一个化工园区建成了大花园。三江·嘉化公司是目前我国最大的民营化工企业，见证了民族化工行业从无到有、从弱到强的历史，去年销售收入220多亿元。其中的嘉化能源作为园区内唯一的蒸汽供应商和系列化工产品供应商，通过庞大的公共管廊和集中供热管网系统，与园区内所有化工企业串联成一个循环圈，大大降低了销售与运输成本，减少了物流风险，在嘉兴港区循环经济构架中发挥着基础和核心的作用。如今，他们又在有序推进无污染的氢能源的战略布局。浙江桐昆·嘉兴石化有限公司是一家PTA生产企业，采用化学反应发热的余热发电，不仅能够用电自给，还能每小时向电网输送两万度电。为了提高多余的每小时两万度电的经济效益，他们又配套建设了恒优化纤厂。由于从德国引进的设备很先进，自动化程度高，这家去年销售收入200多亿元的化工企业只有500名员工，人均产出4000多万元，实在是太牛了。公司负责接待我们的同志自信满满地说，今年公司有望突破300亿元。我们至此才发现，原来嘉兴在建设嘉兴港时，巧妙地规避了与附近上海洋山港和宁波舟山港两大港口的竞争，依托嘉兴港的海港优势，利用江浙沪纺织企业集中的市场优势，扬长避短。嘉兴政府于2003年在贯彻时任浙江省委书记习近平提出的"八八战略"时，决策以全市化工行业的两家龙头企业"嘉化""三江"牵头，在嘉兴港区建设中国化工新材料（嘉兴）园区，招引了一批高质量的外资和知名企业入驻，逐步形成了集港口、产业、城市三大板块和港口、口岸、保税三大功能于一体的全新格局，探索出了一条以港兴业发展海洋经济的新路子。

经过18年的建设和发展，嘉兴港的中国化工新材料（嘉兴）园区已经在全国77个化工园区中排名第九了。

参观好企业，自然要去码头上看看。码头上一派繁忙的景象，堆积如山的集装箱，林立的大吊机，往来的集装箱运输车，还有停靠在泊位上装货的大型海轮，令作家诗人们兴奋不已，纷纷拍照留影。我忽然发现，原来嘉兴港就在杭州湾跨海大桥的北块东侧、我一直误以为属于海盐县的地方。在场的海盐县作协主席吴松良告诉我，大桥的西面才是海盐，这里属于乍浦，属于嘉兴港区。

如今，乍浦不仅已经重振了雄风，而且比历史上的鼎盛期更加繁荣发达，俨然已经是一个有着12万人口的海港新城。晚上，站在下榻的杭州湾海景大酒店22楼的客房里，凭窗眺望，万家灯火与港区加班的灯光交相辉映，将乍浦点缀成一颗耀眼的明珠，远处，一条光带自北而南，横跨钱塘江下游的杭州湾，那光带就是杭州湾跨海大桥。

　　嘉兴港区，崛起的东方大港，像一颗璀璨的明珠，镶嵌在杭州湾北岸，在新时代的星空下熠熠生辉。

港区写意（组诗）

晓　弦

在港区摸象

那座高大威猛的红色龙门吊
像一头跋山涉水走来的大象

那向大海深处一路探去的栈桥
是大象的长鼻子

在纷披波涛旗语的森林里
大海或者岛屿，也是一头大象

海港之东是东海，桅杆的丛林里
我们闻到太阳浓烈的湿热气息

采风如同摸象，在黄色集装箱前

我们是一群口吐泡沫的小螃蟹

乍浦古炮台

在九龙山风景区，我敢肯定
坐在南湾炮台的这门后膛铁炮
是个刚登基，偶尔上朝的皇帝
而底下用沙石和糯米夯筑的黄色炮台
必定就是他臀下的金元宝殿了

这门面向滔滔海浪的后膛铁炮
底部龙纹密布，像皇帝上朝时
大臣徐徐展开的奏折
锈蚀的风景里，铃刻着
"江南制造总局光绪子·年造"

时过境迁，我会想起那记咳嗽
想起湖广总督张之洞
他坐北朝南，居高临下
想起不该想起的，汉阳造……

乍浦音乐夜排档

长长的夜排档貌似壮阔的航线
让人们找到身在航母的感觉

在乘风破浪里吃烧烤喝冰啤
把潮音听作啤酒花,"嗞嗞"的超爽

街巷流淌色彩缤纷的《渔光曲》
渐行渐远的潮汐鱼鳞样泛出星光

海鸥与海燕,是另一种酒盏
休渔的大海在月光里觥筹交错

棒击虎虎吃鸡鸡吃虫输者大口饮酒
劝酒声打嗝声打鼾声喘息声越来越缓

仿佛潮水释放的渔汛在港口散漫远去
让人想起林嗣环《口技》撤屏后的场景

乃数张简易桌若把沙滩椅数个烂泥般的醉翁
以及透心凉的那片习习的海风也

大海也有饥饿的时刻

一个人的战争可以气壮如虹
它让大海不停地捧出浪的赞歌

金丝娘桥下，受辱之月亮呜咽流泪
酒足饭饱的日本鬼子大发淫威

车过至海塘拐弯处，被强征为司机的
硬汉王子兴，正用生命酝酿一场海啸

他迸足力气，把方向盘转至大海
踏足马力，他拼死地，冲向大海

他把整车弹药和日寇的鬼哭狼嚎
喂进1942年冬月大海生猛的肚子

红楼别浦

许是用了洪荒之力——
建亭于乍浦牛角尖上

装载《红楼梦》的寅贰号航船
从这里起锚

面朝大海的那副楹联，用了端木蕻良
石碑上的铭文，用了启功
巨石上的亭名，用了冯其庸
浮雕和镂空的石雕，用了曹雪芹

一坨顽石尚未开化
但经年的鸳鸯蝴蝶梦
已从玉立的红海亭逸出

我看到雪浪花翻滚的夏牧场

那块来不及去补天的顽巨，未曾迸裂
我却看见一座缤纷的大观园
海市蜃楼般在苍茫里显现

被潮湿的海螺声驱赶的海狮
纷纷涌向大海的夏牧场
一个孤寂而高傲的行者
像一面在洋流里穿越的风帆
无意中，被罩上夕阳的红盖头

追赶季节的桅杆，渐行渐远
她是一柄银光闪闪的神奇的钥匙
正打开大海的夏牧场

大海也有一根软骨

别浦那一刻
一定也有一座红海亭
咬住一枚夕阳

潮声里，那些手执银器的男人
目光在浪花里打转
身上的胛骨
因浸淫于日月的章回
而变得酥软

出海之际
听得见一个王朝的咳嗽
出岫的女人们，抖落霓裳羽衣
以双峰犁开大海
以披散之长发
钓住几欲沉沦的洋面

大海是一盘奇特的棋局

大海是一盘奇特的棋局

所有港口，都见得少帅

所有码头，都拥有大将

穿梭在洋流风里的航船

都是他们各自遣派的兵员

太阳在左舷

月亮在右舷

运筹帷幄于时代浪潮中

车马未动，粮草先行

这像多国大战中的兵士象，和车马炮

那些灯火闪烁的港湾

会给他们温馨而绵绵不绝的爱

慰抚他们远洋颠簸的疲惫

而一字排开的港口码头

像极了男人宽阔的臂膀

那些如足球守门员的龙门吊

此刻，正战马似的咀嚼黄金的阳光

他们栉风沐雨，砥砺前行

在辽宽的大海，开辟了

一个个丰饶美丽的疆场……

集装箱码头（外一首）

张敏华

乍浦港。晴好的午后
码头堆满了五颜
六色的集装箱。空气是海水味的
我的身上也是

"世界繁忙而拥挤"
龙门吊受不了安静，集装箱
移动起来才动人
有时我想变成一块钢铁
过着坚硬的生活
这世界，原本就是钢铁的世界
来到乍浦港，却变成了
集装箱的世界

站在龙门吊下，和黑陶兄弟合影

我告诉他："乍浦港，
"东方大港，是我三十年前
大学时代的梦想。"

汤山公园

晨练的人我不认识，风迎面
吹来，带着
海腥味，我捏了捏
鼻子
十年了，每次我来这里
都带着父亲，而这次我一个人来
没有人在意我

废弃的渔船搁浅在滩涂上，锈迹
斑斑的古炮被铁丝网围着
岁月无情又有情——
像昨夜的潮水，涨潮又退潮
大海以它的方式
爱着人类

阳光照在汤山上
山上的草木带着风的节奏

被鼓起来

海不枯，石不烂

幻想着父亲，和我一起抬头

看山，观海，望日

嘉兴港口之辉煌

李耀宇

一

曾经，这里的滩涂还是荒凉遍野

天空云卷云舒，海水潮涨潮落

不远处，仅有几只小渔船在漂荡

码头处也无声无息，很少有

货船靠泊，歇夜时我只看到了桅杆

曾经，我走在芦苇萋萋的滩涂上

空中的海鸥展翅飞翔，岸上红旗飘飘、锣鼓声响

海堤工程开工典礼开始，向海而生

时代英雄从这里出发，在这

海面辽阔、蓝天白云下的队形中

我看到建设"东方大港"新征程的步伐

宽敞的海域，波涛中翻涌出层叠雄壮

远天的蔚蓝里，百年梦想中，建港兴港，愿景广阔

二

每天，我在徜徉中记录，见证它的行进速度

起初由于自身条件限制，开发并非一帆风顺

道路还只是石子路，集装箱堆场选在芦苇荡

机械化程度不高，作业效率低下

一年吞吐量只有三四万吨

我守着2个泊位、2台起吊小门机，看着它们的游丝

面对的是日出与日落的情景

我有企盼在心间，终迎来佳音

国务院批准这里为一类口岸，对外籍船舶开放

外贸吞吐量明显增长

由此开启集装箱作业历史

我欣喜时代的发展，宏图的描绘

宁波港进来了，还有

联合船队、集卡车队、公共订舱平台、公共还箱点等

相继入驻

一年年、一季季吞吐量攀升

我眺望无边无际的海面，波光粼粼，尽思

感受沸腾，我听到几十台龙门吊的轰隆声，火红、炽热

港口里的时间总让红线蹿升，夺目

而我走在海岸码头，走在船坞泊位，倾听劳动者之歌，感动

用世界级的速度领跑集装箱业务发展

风从东方来，海上日出

三

三十多年，辉煌尽现

一体化整合落在时光的契机

乍浦、独山、海盐三港区的联手

打造全球十年增速最快的港口

而我仍站在这里，风雨同舟，将生命融合

我看到"一体两翼多联"格局的形成，实力强大而精彩

我从未忘记伟大的目标，使命的召唤

嘉兴港生产全线飘红

吞吐量创新高，步入黄金水运时代

年复一年，我惊喜浩瀚宇宙里的力量，神奇

我惊喜那港口布局如神兵点将

使我赶上了实现中华民族强大的时机

我来自"东方大港"的一线

也必将把"百年梦想"照进现实

我欣喜、鼓舞，意志昂扬，充满更多企望

从建港、兴港到强港已取得丰硕成果

我融进这里的一切，倾听那节律的时候不会错过

我将歌声与潮声混合在一起，配器的高手

嘉兴港区诗章

黑　陶

嘉兴港区之晨

有海腥味的绚丽朝霞，喷涌，翻滚
映透杭州湾的黎明海面

只有黑蓝的金属巨管，是冷静的
它们将这绚丽朝霞
沉默抽汲、运输，有序存贮

然后，在夜晚，在我们不知的时候
便把存贮的满腔朝霞
化为人间
璀璨燃烧的万家灯火

杭州湾幻象

东方古老大陆的精气，顺着钱塘江
在杭州湾
与深蓝太平洋的涌流
阴阳交荡，冲天激撞

头顶，海与陆地的星空
于是震颤不已
——那些星辰，一颗又一颗硕大、湿润的墨亮星辰
有的，沾染江的清润
有的，则完全涂满陌生的海的咸涩

夕阳·吊机

港区海滨
吊机，是孤独者

没有人知道
他将这轮
美丽的夕阳

在心中
竭力挽留

他海上的影子
拖得很长
他有一腔的情话
尚未说出

建党百年·咏怀初心·筑梦港区

宋军君

远眺

海浪、大船、码头

响亮的号子声，忙碌的身影

洋溢在脸庞的笑容

一切安然

岁月如歌，年轮如景

翻阅

百年艰巨历程

千年古镇到海滨重镇

行拓展战略

嘉兴港区一片春色

商贾云集，人烟辐辏

入目

白墙黑瓦，小桥流水

老街一片宁静

不由想起诗人艾青的一句诗

为什么我的眼里常含泪水

因为我对这片土地爱得深沉

虔拜

南濒海，傍依峰

道场清净少喧闹

佛音袅袅破我执

哀畅缕缕释万缘

瑞祥，又一念佛好去处

仰慕

艺林佳话许白凤

旧诗新做擅白话

当代词苑增异葩

生花之笔，敷其灵思

其味亦仙乐，说不清道不明

崇敬

风响天妃殿角铃

暮春宫畔青青草

夜深鸾驭巡洋返

海滨何处不讴歌

妈祖文化渗入心，忠孝节义成观念

环顾

南湾炮台、国家级森林公园

九龙山海滨浴场、金海洋度假村

山湾渔村⋯⋯

显山、露海、见绿

嘉兴港区，我的家，你的美丽令人驻足

承诺

建党百年

七月党旗格外艳，创建和谐谋发展

党的领导光芒照，全民脸上笑开颜

咏怀初心，筑梦港区

建美好家园，构和谐社会

见证

密集的现代化交通网络

助经济腾飞的各类企业

嘉兴港区大力推进品牌战略

把握新机遇，创新新局面

我的家（嘉）沐浴着那缕改革东风

颂歌

弹唱今日辉煌旋律

岁月承载着历史的脚步

大地积淀了文明的精华

想到我们的党，想到我们的"嘉"

心情澎湃……

憧憬

播种一份份希冀

让露珠迎接崭新黎明

让浓郁之风吹遍大地

凛然正气，昂扬行动

建党百年，嘉港人再谱新的课题

坚持

高举中国特色社会主义伟大旗帜

始终秉承"红船"信念，嘉港人本色

敬业爱岗，服务群众

让权力在阳光下运行

建党百年，筑梦港区

相约

不时回眸

成长路上

遇到不同的人与事

相同的是：一样的幸福

因为，我们有红船精神……

发展

晨星闪耀，群鸟争鸣

党的十九大

犹如一丝清澈的暖流渗入心坎

与党同心、与民贴心

引领着我们一路前行……

见证

党的关爱，始终如一，从未改变

我们因你而生动，因你而精彩

伟大的党

我们将一如既往，努力前行

晕染出一路灿烂

共进

水滴汇入大海，品质来于自身

前行的路很长……

嘉港人，血脉里铭刻那份与众不同

前方充满机遇

那是促嘉港人综合指标奋进的源泉

努力

美丽嘉港——我的家

始终在这，熠熠生辉

古老、生动、精彩……

朝夕的心绕着太阳转

跟随您、依伴您，因为这是我们的家

渲染

嘉港人，做一个创新者

嘉港人，做一名爱心者

嘉港人，做一位文明者

让我们一起学着去感染

感染周围的每个人、每个社会人……

信念

嘉港人，坚定不移，为人表率

嘉港人，正气洋溢，激情昂扬

嘉港人，爱心满溢，创新和谐

敬业和奉献是我们的情操

热爱自己的家乡与祖国是我们的天职

祝福

建党100周年

我们嘉港人将永怀初心、努力前行

筑，嘉港齐心汇聚的共和

梦，社会肃然触摸的痕迹

留存住共产党鲜活存在的红船精神

人生若只是乍见（外一首）

康　泾

通向内心的那片海叫作"浦"
敞开心扉的表白就是"乍"

潮就是这样奔赴承诺
奔赴千年以后的约定

光亮乍现处，你阅尽古城、古楼、古街、古庙
古桥、古炮台……
你试图冲出重围
享尽山、海、岛、滩、田园……的荣华富贵

却只得到一箪食，一瓢饮
潮涨潮落原来都是皇上牵挂的事

人生若只是乍见
又岂在朝朝暮暮

山海渔村

螃蟹割舍下潮水的爱
驻留在无人涉足的沙滩上
与漂泊的船体结发
它们沉浮多年
依然没有忘记姓甚名谁
这个浙北平原上最后的渔村
不需要繁忙，不需要城市车辆
家家户户只要有久停不动的渔船
已经足够滋养
渔船上长长的缆绳
足以揽住越来越多的目光
如果再多情一点
便会搁浅在潮水退去的海腥里
仿佛多年前一个皇帝的临幸
一直以来咀嚼美好回味
那些银鱼、虾米，在夜幕降临之后
有了越发自豪的名气
它们新鲜的程度
不亚于少女及笄少男弱冠
老式板门里闪闪忽忽的夜色

饱满而深沉
那些嫁给鱼腥的女人们
她们反复编织日渐老去的网
也日夜编织着游来游去的
思乡的鱼

嘉兴港区

韦　泱

实在太大了，嘉兴港区
大到与海天一色，浑然交融
大到使我瞬间迷失了自己
在作业面下的滩涂上
在大海气息的弥漫中
几只钻出泥穴的螃蟹
左顾右盼，没了横行的方向

悠长海岸，集装箱整齐待发
气场恢宏却缄默内敛
它五颜六色，棱角分明
如同儿时玩耍的积木
叠床架屋，拼搭组合
魔术般忽然都不见了
消失在一片幻想的天空

隐入云端的庞大桥吊
沉稳而又轻盈
它滑翔一般掠过头顶
如张开巨翼的鲲鹏
覆盖并守护着大地
芸芸众生显得格外渺小
找不到蚂蚁般忙碌的身影

曾经，这里是个小渔村
木船轻摇，桅杆寂然
几张晒在海堤的旧网
千百年守着咸涩的日子
仿佛在苦苦等待
一个注定的高光时刻
"东方大港"终将梦想成真

实在太大了，嘉兴港区
大到从马六甲海峡延伸而去
大到使我瞬间迷失了自己
它面朝大海，胸襟开阔
一条条航线，连着世界港口
听，海水不知疲倦地浅唱低吟
看，海鸥盘旋着划出优雅弧线

乍浦采风二首

许春波

乍浦港口

将清水变成火焰，据说
有几千年了
不知道第一个点火者，是哪位
你掸掸灰尘，躲开低头的海浪
假装醉意阑珊

就算是这样，咽下的船只
也仁慈坦白，试图寡欲清心
红色的，光滑的脸庞是停下的警示
你招招手，将误入歧途的锚
一个个拉回

海边的宿地，所有的货物

开始虚掩，锈蚀后的箴言
幸福且圆满，陈旧惯常的思维
被出海的人，一次次打断
海浪的尊重和本性，如花开放

普遍的声音，洒满普遍的时间
开过光后，命运占据的部分
渐渐枯萎，只能等着一杯醇厚
慢慢浇灌，避免多年后
一切清为水

除了健忘带去的物事，任何痕迹
都可能会留下
绿色的月晕，渐渐淡去
干旱无汁的大海，越发清晰
健忘的部分，抟捏成浦间的路牌

包括呼吸，你渐渐忘却
新鲜的夏天，还没有长出
东海的水，还在慢慢燃烧
某一时刻回过头去，炮台还在
好吧，你其实是佑护人

想起乍浦的一处古迹

停滞的温度沿着影子折回
一切透着热气，等不及乍浦酝酿好修辞
躲过絮烦，扶着一缕玄机
开始路远山高

执着的掌灯人，用枯枝
磨出利刃，清理坍塌的倒影
扫视匍匐已久的钟声，相安无事
只是，敲击的频率年久失修

或许，一段你不小心剥落的前言
能替我击退衰老的阳光
一张张数好珍藏的影子，用于答谢
豢养的风，从陈旧的钟声里穿过

飘飞的鸟，捡回汤山下
石刻的香炉
这是习惯，原来的主人
和我们一样，在不停地转海

乍浦码头（外四首）

薛　荣

靛蓝的天空码头：堆放着
云朵的集装箱，珍珠般的雨点
美人蕉和凤仙花的饰品，将售往何处

太阳的金色塔吊，伸展开阳光的长臂
液体的黄土高原：静默
海平线维系着一叶孤舟

海边的化学工业园

东海龙王依然看不懂
由烟囱、反应罐和大大小小管线
构成的化学迷宫

看不懂就承认看不懂
龙王停止玩弄手里的夜明珠
想了想：大潮的涨落
说是与他有关，其实还是月球引力的作用

闻臭师

夜行者的嗅觉，犹如红色的
激光制导，于黑夜里准确
锁定储气罐泄漏点

追踪到近前的夜行者打了个喷嚏
其效果，在于震慑
不能让有害气体干扰
面朝大海的菩萨修禅

母　亲

宇宙、地球、国家
以及脚下的这片滨海平原
它们，都是
我的母亲

一种需要善意待之
并把这善意反复于纸上书写的
永恒情绪

小思念

2021 的夏天散发着油漆未干的味道
乍浦会馆门口：疲惫的采风者
饱吸怀日的乳汁，一撮毛之父[1]
凝视脚下黑影，沉吟片刻
我们聊起，一位久未谋面的朋友[2]
徜徉于历史深处，寻花问柳……

---

1 一撮毛系诗人马叙水墨绘画中一标记性形象。
2 意指作家赵柏田，因著有《南华录》等历史散文而蜚声文坛。

在乍浦眺望大海（组诗）

马　叙

夜宿海景酒店

黑夜必须如潮水
因此我的思绪是收不住的
而远处真实的潮水
仿佛是虚假的
另一个怀疑主义者撒出的网
也同样收不住

龙门吊沉默，模仿人类的生硬与做作
集装箱内货物顶着货物
忠实的巨轮在等待

作为码头的近亲，海景酒店也是
平静的

白天更新的旅客
到了深夜就已彻底陈旧

杭州湾辽阔激荡，我因为嫉妒，不想知道得太多！

港区工作一种

堆煤场的方式多么简单
就是把煤
往上倒
往上倒

一直不变，一直都是这样
往上倒
往上倒

单一的黑色，不厌其烦地倾倒，堆栈

相当于给码头灌输思想
又仿佛给自己洗去思维

这工作，多么考验人

在集装箱码头

适合午后阅读的巨著
神秘主义写作，非集装箱莫属
解读一直经典、机械
——里面是什么?
它们从哪里来，它们到哪里去?

货物与货物亲密无间
没有解答
只有运输
上升，平移，下降，叠放

龙门吊矗立，十年不变，二十年不变
当然基本不变的
还有操作手

我因此放弃解读货物，转而对操作手肃然起敬!

山湾渔村

近处几条船
一条是空的，另几条也是空的
小型海货市场，村民在售卖鱼干

这些都被休渔期照亮
旅人沿途开放的花朵
在这里显得特别朴素

远处的海面上有一条集装箱货轮驶过
休渔期的山湾渔村
越发安静了

2021，在乍浦眺望大海

全年我都在控制表达
在乍浦，潮涨潮落，大海起伏
我越发地吝啬词汇

装满了货物的巨轮，缓慢沉默地移动

想起四十年前，一个晚霞燃烧的傍晚
木讷是优点

喇叭形的杭州湾
乍浦是一个新词，慢慢说出
在朋友间传递，在客船抵达之时
落地

2021，在乍浦眺望大海，这内心隐秘一刻
我木讷，沉默，回想

去乍浦途中经老平湖雨巷

五月二十六日，平湖的雨
下了有一整天了吧
詹政伟、顾坚他们该等着急了吧

下出租，拐了三条巷子再往左
就是老平湖饭店了
见到了新老朋友
坐下谈天说地，说这气候
快到梅雨季了唉

并且顺便说了句这里的巷子
实在是好，特别是今天大雨
差点忍住不说戴望舒的名字

因雨，因巷子的长，与深
还是当了一回说雨巷的
俗人

站在九龙山上观沧海

陆　飘

站在九龙山上观沧海
沧海，是波澜壮阔的沧海
沧海，是白帆乘风、海燕穿云的沧海
这一片沧海，叫杭州湾
这一片沧海，叫嘉兴港
站在九龙山上看桑田
桑田，是桃红柳绿的桑田
桑田，是麦浪滚滚、花果飘香的桑田
这一片桑田，是乍浦镇
这一片桑田，是嘉兴港区农业产业园

这沧海，曾经是白龙闹海的沧海
这沧海，曾经是黄姑打鱼、红楼出海的沧海
这沧海，曾经是波涛汹涌、炮声隆隆、惊涛拍岸的沧海
这桑田，曾经生长过黄姑与白龙的爱情

这桑田，曾经生长过徐志摩的诗篇
这里有最美丽的传说
这里有最动听的故事

这里有国家级的开放口岸
这里有国家级的保税区
这里有国家级的化工园区
这里有中国最美丽的风景
这里有中国最美丽的乡村
这里的港湾，令人心驰
这里的风景，令人神往

九龙山下的田地
年年五谷丰登
九龙山下的港湾
是通江达海的
黄金水道
一艘艘万吨巨轮
运出去的是这里的物产
运回来的是美钞英镑日元
这里的山是金山银山
这里的地是金地银地
这里的海是金海银海
在杭州湾的涨潮中

在21世纪的开局20年
这里的GDP在月月增，年年长
这里的人民币在月月长，年年增
这里的人气，这里的信心，这里的幸福指数
在增增增，长长长
嘉兴港区，用20年的时间
用孺子牛、拓荒牛、老黄牛的牛劲
深耕这里的土地
拓宽这里的海域
打拼出长三角的一片新天地

站在九龙山上
看得见洋山港载满阳光的巨轮
看得见北仑港披着晚霞的塔吊
站在九龙山上
看得见南湖领航的红船
看得见钱塘江势不可当的潮头

可以相信，再过五年，十年——
这里的金山银山，将更加灿烂
这里的金地银地，将更加丰硕
这里的金海银海，将更加壮阔
可以展望，再过五年，十年——
在这杭州湾的北岸

在这长三角的沧海桑田之上
将崛起一座明珠般璀璨的港城
可以想象，这未来的港城
将更加光芒四射，将更加牛气冲天！

嘉兴港区之辉煌（外一首）

李耀宇

我乐意在这里倾听滔滔钱江潮声
更喜欢领略汽笛轰鸣，巨轮穿梭往来的场景
有时候跟着龙门吊在风中奔跑
不分昼夜地忙碌，我在港口码头全身心扎下
扎到把一切忘记，一颗心
随时可浸染

建设者的心，旭日的身，海水的影

多好啊，20年后这里确立了港口型的城市定位
打开海洋之窗，射进新鲜阳光
杭嘉湖服务提升，港口腹地日益开阔
我愿意向苏南、皖南、赣南传信
共享着港口经济的提升

在这里建成的乍浦、独山和海盐三个港口立下汗马功劳
全港完成货物吞吐量节节攀升，眼见为实
港口的各种优势与作用正日益强大
我愿意做一颗坚实的螺丝钉，无论在巨轮还是龙门吊上
都将永葆青春

建设者在风雨中写下，港口辉煌的篇章
我写过朝阳跳出江面时的情景
它的光华铺陈整个江面，波光粼粼
"长江经济带""环杭州湾大湾区"进入视野之中
一幅精美的图画真实呈现——
此时，汽笛轰鸣，巨轮穿梭，新的港区正充满活力
——港口依托产业导向，齐头并进
像巨大的鱼群
在如梦似锦、如丝如绸的阳光中
驶向新的辽阔

乍浦古镇

就这么豪壮，它的古炮台铁骨铮铮
在抗击外来侵略史中，坚强守护安全
一种腹底豪情隐隐生的精神，不再孤立胆怯
一副躯体全听凭于指挥员的发令

几百年来的风云变幻，饱经沧桑难以忘却
当然包括所有的热战，历史是真实的
古镇沧海桑田的经历值得纪念。勇士般的时间添上韵味
但见如今老街、古镇焕发青春，不仅仅是古镇的地域
现代化发展的规划在鼎沸人声中一起共鸣
港口的重，滨海城市的启动
唯记得这座有故事的历史文化名镇，群贤毕至
东方大港的开工建设精彩无比
新时期重塑的东海之滨正向人们招手而来